講談社文庫

ここは、おしまいの地

こだま

JN053652

講談社

目次

ここは、おしまいの地

父、はじめてのおつかい

スーパーの鮮魚コーナーを物色していた父が、一四八〇円と書かれた蟹《かに》を見て「虫より安いじゃねえか」と呟《つぶや》いた。

人の良さそうな店員の手前、私は聞こえない振りをした。

しかし、父は余程そのフレーズが気に入ったのか、もう一度「見てみろ、虫より安いぞ」と満面の笑みで騒いだ。頼む、大きな声を出さないでくれ。

「な？　虫より安いだろ？」

まだ言う。もうその虫をどこかに引っ込めてくれ。はしゃぐな。ヤニだらけの茶色い歯を見せるな。私は父の袖を引いて売り場を離れた。

身の回りの一切を母に任せっきりにしてきた父は、還暦を迎えるまで、ろくにスーパーにも出かけたことがない。未開の地の部族のように落ち着きなく辺りをキョロキョロと見回す。青果、惣菜、駄菓子、目に飛び込むすべてが新鮮で堪《た》らないのだ。

定年退職してからの父は一日中ひなたで手足を伸ばして物思いに耽《ふけ》り、時折チョコモナカジャンボを頰張る。肉付きのよい前かがみの姿は、さながらサトウキビを咥《くわ》える老衰パンダだ。

そんな暇を持て余す父が人生初のおつかいを頼まれた。

母から殴り書きのメモを渡された彼は行きつけのホームセンターへ向かった。

スーパーでは完全にアウェイであったが、日曜大工に精を出す彼にとって、そこは慣れ親しんだ庭。足取りに迷いなく、歯ブラシ、アタックNeo、ゴミ袋と順調に買い物カゴに入れる。しかし、最後の「トイレットP」の文字に固まってしまった。そんなものは見たことも聞いたこともない。新商品だろうか。

父はしばらく迷った挙句《あげく》、店員に尋ねた。

「トイレットピーありますか?」

怪訝《けげん》な顔をされた。聞き取れなかったのかもしれない。大きな声でもう一回言った。

「トイレットピーです! この店にありますか? トイレットピーです!」

健闘むなしく、老衰パンダは苦虫を嚙み潰したような顔でトイレットペーパーを抱えて帰ってきた。

あるときはポロシャツをひとりで買いに出かけた。

町内会のバーベキューに着て行く無難な白いシャツが欲しかったのだ。

しかし、父には折り畳まれた服を広げて確認するという、人として当たり前の習慣がなかった。サイズだけ確認し、むんずと摑《つか》んで即購入。

家に帰っていざ広げてみると腹から裾にかけてゾウ、キリン、チンパンジー、ライオンがリアルなタッチで描かれていた。背中ではゴリラとフラミンゴが謎の共演をしている。一体どの層を対象に作られたのか、大阪のおばさんでさえためらうほどのアニマル大集合だった。

「ちくしょう、白いとこばっか見せて売りやがった」

怒りのポイントもどこかズレている。

父のどうしようもなさについて書き始めたらキリがない。

集落をうろつく野犬に太腿《ふともも》をガブリと嚙まれたときもそうだ。彼は慌てふためき、一目散に駆け込んだ動物病院で「ここは動物にやられた人を診《み》る場所ではないんです。人間の病院で診てもらって下さい」と追い返された。

六〇過ぎのおじさんが太腿ボロッボロのまま叱《しか》られた。


要領が悪く、口下手で、陰気で、他人の失敗を何よりも好む父。私は子供のころから父とほとんど話をしなかった。一緒にいてもつまらないのだ。

「なんでこんな面白くない人と結婚したの？」と母に詰め寄ったこともある。

すると母は真面目な顔で答えた。

「特に良いところもないけど、怒鳴ったり叩いたり人を殺したりしないでしょう？」

そして、グサッと刺さる一言を放ったのだ。

「あんたは何から何までお父さんそっくりよ」

蟹を見て「虫より安い」と冷やかす父、そんな父の言動を綴《つづ》る私。ふたり揃《そろ》って友達がいない。休日の予定もない。世の中を知らない。父と並んで無言でチョコモナカジャンボを食べる。隣にいるのは間違いなく二〇年後の私だ。

雷おばさんの晩年

集落へと続く農道沿いのマタタビの葉がペンキでいたずらをされたように白く色づいていた。これは夏が近付いている証拠なのだと生前祖母が教えてくれた。

鍵のかかっていない玄関を開けて上がり込むと、台所から母の高らかな歌声が聴こえてきた。

んふふふ～エクスプレぇ～ス～！

んふ～あっちこっちどっちだぁ～！

ゴー！　ゴー！　ゴー！

肩を大きく左右に揺らし、じゃがいもの皮を剥《む》いている。

ゴー！　ゴー！　のところでスリッパをピシャピシャと鳴らす。ご機嫌だ。

私は「ただいま」を言い損ねたまま、その奇妙な歌に耳を傾けた。

「お母さん、その歌は何？」

「やだトッキュウジャー知らないの？　烈車戦隊よ。空間にビヨーンと線路ができちゃうんだからすごい発想よ。凡人には思いつかないわ。お母さんはトカッチが好き。ゴー！」

未知の単語が高速で耳をすり抜けていく。面白いくらい何ひとつ理解できなかった。

呆然とする私にお構いなく、母はじゃがいもを千切りにしている。今夜は肉じゃがだろう。昔から我が家の肉じゃがには千切りのいもが入っている。親元を離れるまでこれが正統派だと信じきっていた。目の前の畑でいもが作られていながら「ほくほく」を知らずに育ったのだ。

いもの切り方に限らず、当たり前だと思い込んでいたものが我が家特有のルールだったりする。一八で実家を出てから世間とのずれを痛感することが多かった。

そんな苦い思い出に浸る私を置き去りにしたまま、母の軽やかな歌は続く。

イマジネーション～ン！　んふふふ～どっち～！

ゴー！　ゴー！　どっちゴー！

頰を上気させて「好き」と言ったわりには歌詞をまったく覚えていないようだ。さっきから何度も同じフレーズに戻り、床を踏み鳴らしている。

あるときはエアロバイクに跨《また》がりながら「おかえり〜ん」と私を迎えた。

通販番組を見て注文したダイエット器具だという。還暦を過ぎた母が軽快にペダルを漕《こ》いでみせ「ぽっこりお腹には有酸素運動がいいのよん」と番組アシスタントの口調で解説した。

その手の番組を見るたびに「こんなの買う人いるのかよ」と鼻で笑っていたけれど、「股をパカパカ開閉する機械」もベンチプレスも目の前にあった。買う人間は身近に存在したのだ。

しかし、注文したはいいが、どれも大して使われないまま祖父母の仏壇の前に並べられていた。まるで先祖へのお供えのようだ。ともすると生き返りを願うポジティブな宗派にも見える。仏間が本格的なジムになる日も近いだろう。

そもそも母は、こんな陽気な人ではなかった。よく「人が変わったようだ」なんていうけれど、無邪気に歌う目の前の人物が本当に私の母親なのか。かつて感情に任せて娘たちを罵《ののし》り、縛り、張り倒し、近所の子供たちから「逆らってはいけない雷おばさん」と指をさされていた、あの母だろうか。

私は戸惑う。どう接したらいいのかわからなくなる。

いまの母は何ものにも縛られていない。人生を目いっぱい楽しんでいる。怒りを燃料にして生きていたあのころの彼女はどこにもいないのだ。

母は「雷おばさん」になるべくしてなった。何が起きてもおかしくない一触即発の家庭で育ったのだ。

母方の祖父は酒乱だった。私にとっては酒の臭いをぷんと漂わせているお調子者の老人だったが、ひと昔前は手のつけられない暴力親父だったらしい。酒を飲んでは狂ったように暴れ、子供たちに茶碗や包丁を投げつけたという。

祖母はどんなときも笑顔を絶やさない人だったが、流れに任せて何発も殴られるようなお人好しではなかった。自分の身は自分で守るしかないと悟り、腰元に短刀を隠し持っていたらしい。来るべきときが来たら、やる。そういう覚悟で暮らしていたのだ。わかりやすい狂気を備えた祖父よりも、心の内を読めない祖母のほうが怖かったと母は言う。

母は五人きょうだいだった。滅多に笑わないヒステリックな姉、愛想は良いがDV常習の長兄、多額の借金と愛人を抱える次兄、ギャンブル依存症で会社の金を持ち逃げした弟、そして集落の子供たちに怖がられている母。

暴力、暴言、色惚け、ギャンブル狂、ヒステリック。五人それぞれが特徴的な「尖《とが》り」を備えたゴレンジャーだ。そこに酒乱の父親と短刀所持の母親が加わり、ひと通りの「悪」が揃う。悪の巣窟《そうくつ》だ。

寒村の貧しい農家。その狭い一軒家で毎晩のように罵声が響いた。

「昔はどこもそんなものだった」というけれど、本当だろうか。どの家にも殺し合いさながらの夫婦喧嘩や親子喧嘩があったのだろうか。「普通」を知らずに育った母はよくそんなことを呟いていた。

母にとって暴力は生まれたときから生活の一部だったのだ。

生真面目で、何でも自分でやらなければ気の済まない性分の母は、元来のヒステリーに加え、私を産んでからは育児ノイローゼになった。同居している姑《しゅうとめ》の手を借りず、ひとりで抱え込み、うまくいかないとまわりに激しく当たり散らした。

自らの育った劣悪な家庭環境を憎み、「貧乏だけはごめんだ」と子育ての傍らパートに出た。そうして家事と育児と仕事に奔走した結果、心が壊れてしまったのだ。

母の子育ては面白いくらいに力ずくだった。基本方針が「泣く子は縛る」。私は赤ん坊の時分から紐《ひも》で手足を結ばれていた。赤ん坊だからといって容赦はしない。

私の母は世の中の「お母さん」と少し違うのかもしれない。

そう意識したのは小学生のときだ。

ある朝、集団登校の誘いにやってきた同級生が玄関先で大粒の涙をこぼしていた。

「どうしたの？　何かあったの？」

「お母さんに怒鳴られてばかりで可哀想」

他でもない私のために泣いているとわかり仰天した。

「うちのお母さん全然怒ってなんかないよ。さっきのが普通の状態なんだ。これでもきょうは機嫌がいいほうなんだけど」

そう説明すると、彼女は電気ショックを与えられた猿みたいな顔をして固まった。

言われてみれば、よそのお母さんが火炎放射器のようにボウボウわめく姿を見たことがない。ちょっと過激かなと思っていたけど、うちのお母さんは「普通」じゃないのか。ようやくそのことに気が付いたのだ。

母は私の同級生の集団を見かけると「うちの子を仲間外れにしないで」「ちゃんと一緒に遊んであげて」と目の色を変えて突撃する。相手が子供だろうと関係ない。

「うちの子も誕生日パーティに呼んであげて。どうして誘ってくれないの」

そう詰め寄られた級友は、翌日あわてて私に声をかけた。気まずい思いをして招待し、気まずい思いをしてプレゼントを選ぶ。誰もいい思いをしない誕生会だった。

学校の先生や部活の監督の中にも怖い大人はたくさんいたけれど、彼らの怒りは「悪いことをしたから叱る」という実にシンプルでわかりやすいものだった。一方、母の怒りは山の天気を読むよりも難しい。何をしても気に障るし、何もしなくてもそれはそれで気に入らない。常に気性を荒くしてスタンバイしている「雷おばさん」だ。

そんな母の出すぎた言動に日々悩まされていたはずなのに、ふとした瞬間に思い出すのは、背中の太鼓を下ろして、力なく俯《うつむ》く「雷おばさん」の姿だ。

その寂しげな顔は私の病気とセットになって呼び起こされる。

母は私が体調を崩すと、ことさら機嫌が悪くなった。余計な仕事を増やすな。無駄な出費だ。会社に行けなくなるだろ。思いつく限りの罵詈雑言《ばりぞうごん》で病人を責め立てる。思い通りに事が運ばないとパニックを起こし、当たり散らしてしまうのだ。頭が痛いとか熱があるなんて気軽に言えず、重症化してから母の知るところとなった。

小学三年の春、四〇度を超える高熱を出した際もそうだった。意識が朦朧《もうろう》となるまで言えなかった。居間でぐったり横たわっているのを母に発見され、毛玉だらけの毛布に包まれて診療所に運ばれた。

「肺炎です。すぐ入院してもらいます」

すると何を思ったか、母は医師の言葉を拒絶した。

「結構です。連れて帰ります」

再び私を毛布に包み直し、人さらいのような形相と足取りで診察室を飛び出したのだ。入院の手続き、家事や仕事の合間の見舞い、支払い。日常を崩し、心を乱すものから発作的に逃亡してしまったのだと思う。

しかし、さすがに後ろめたい気持ちになったのか、帰りに私の好物のメロンを買ってくれた。夜は母の隣に寝かされた。枕元に麦茶の入ったガラス瓶が置かれ、身体を支えられながら苦い粉薬を飲んだ。数時間おきに抱き起こされ、汗を拭いてくれた。もしかして母は人に優しくする方法を知らなかっただけではないか。

大人になった私は、そんなことを思うようになった。

肺炎が引き金となったのか、私は呼吸器系がめっきり弱くなり、翌年には蓄膿症《ちくのうしょう》になった。小学生の私には鼻腔を伝って喉元に落ちるどろどろした塊の正体がわからなかった。吐き出しても吐き出しても絶えることのない黄色い塊。まわりを見ても、こんな汚らしいものを口から出す子はいない。また母に叱られると思い、学校の検診で異常と診断されるまで言えなかった。

集落には診療所しかない。私は母に連れられて列車に乗り、遠く離れた街の耳鼻咽《じびいん》喉科《こうか》を受診することになった。

鼻の奥を洗浄し、咽喉に消毒液をちょこんと塗った医師は「じゃあ明日また来て下さい」と事もなげに言った。

私たち親子がここまで出てくるのは容易《たやす》いことではなかった。一〇〇キロ以上離れた山奥からバスに乗り、列車を乗り継ぎ、タクシーに乗ってようやく到着したのだ。咽喉に薬を塗ってもらうために、また山奥から出てこなければいけないと思うと気が遠くなった。

勝手がわからぬ都会の空気に圧《お》されていた母が、ここで元来の気質を取り戻した。

「私たちは山の向こうから来てるんです！　そんな簡単に言わないで下さい！」

すると医者は目を尖らせて一喝した。

「もっと遠くから通っている人だっているんだよ！　あんたたちだけが特別だなんて

思うな」

その通りだった。吐き捨てるような言葉は私たち親子を一瞬で萎《しぼ》ませた。何よりも、私のせいで母まで怒鳴られてしまったことが、どうしようもなく悲しくて、涙がこぼれ落ちそうになった。

ぼろい病院のくせに。偉そうに。そう胸の内で蔑《さげす》むのが精一杯だった。母はそれ以上何も言わず、医者の指示におとなしく従った。

集落では周囲から怖がられ、人を意のままに動かす「雷おばさん」も、一歩外に出ると力を持たないただの田舎のおばさんなのだ。そんな現実を見せ付けられたことも切なかった。

肺炎連れ去り事件、耳鼻科医恫喝《どうかつ》事件を経て、私は慢性的に呼吸器をこじらせて寝込むようになり、三十代で肺病を患《わずら》った。胸の大鍋が激しく沸き立つようなゴボゴボとした咳《せき》が止まらず、血痰《けったん》も出始め、胸を押さえて暮らす日が続いた。持病の薬の副作用が肺に表れ、細菌の温床になっていたらしい。担当医は「結核の親戚みたいなもの」と言った。結核よりも完治に時間がかかるという。

かれこれ発症して一〇年近く経過するが、おかしな菌は相変わらず胸に居座っている。検査をすればするほど新たな菌が出る。気休めに、頭の中で「菌」を「金《きん》」に変換する。「金がたくさんあります」「これは珍しい金です」「金あまり減ってませんね」。悪くない。

呑気《のんき》に構えていたら、持病と肺病の合わせ技で、頻繁に入院するようになった。いまになって母はおおいに悔やんでいる。

「あんたの身体が弱くなったのは、昔お母さんがお医者さんの言うことを聞かなかったせいだよね。肺炎のときにちゃんと入院させていれば、こんなことにならなかったのに。全部お母さんが悪かったね。あのころのお母さんは本当にどうかしてた」

近ごろ母の口からこぼれるのは懺悔《ざんげ》の言葉ばかりだ。

この十数年で母の暮らしは大きく変わった。

三人の娘が嫁ぎ、同居していた認知症の姑が亡くなった。専門的な資格を取得して職場で優遇されるようになり、仕事に生きがいを見出《みいだ》すようになった。同時に趣味や習いごとも増えた。生活費を切り詰めていたころの憂《う》さを晴らすように、夫婦で国内外を旅行するようにもなった。

重い鎧《よろい》を脱いで、外の世界に目を向けるようになった母。加齢により頭のネジも程良く緩んできたのか、顔つきが穏やかだ。いまやただの無害な老人である。あの怒りに取り憑《つ》かれていた日々は何だったのだろう。

ネジの緩みは、孫の誕生でさらに加速した。

先日、実家に帰ると、殺陣《たて》のようにくるりと身を翻《ひるがえ》した母が「暴れてアッパレ！」と声を上げ、ほうれん草のおひたしをドンと食卓に置いた。

「またトッキュウジャーなの？」

「あんたは情報が古いね。時代は手裏剣《しゆりけん》戦隊ニンニンジャーよ。知らないの？　アカニンジャーの決め台詞《ぜりふ》よ」

孫の子守りをするうちに戦隊ヒーローにすっかり魅せられてしまったらしい。また私の知らない分野を開拓している。

ふと目をやると、ヒーローの剣を構えて幼い孫の相手をしていた。母はひっくり返ったカメムシのように大げさに手足をばたつかせ、孫を大喜びさせている。母もこんな風にふざけることができる人だったのだ。

意外に思いながらふたりの決闘を眺めていると、孫の振り下ろした剣が母の脳天にズドンと命中した。そのときだ。母がほんの一瞬だけ「マジの目」になったのを私は見逃さなかった。つい昔の血が騒いだのだろう。剣先を孫に向け、何かに取り憑かれたように壁際まで追い詰めた。

母の中の「雷おばさん」は健在だった。

母の心を浮き立たせるものは戦隊ヒーローだけではない。ベトナムから出稼ぎに来ている勤勉で気さくな青年「ヤンさん」にも夢中なのだ。

ヤンさんは母のことを「オカーサン」と呼ぶ。オカーサンは故郷を恋しがるヤンさんに、甲斐甲斐しく手料理をふるまっている。成人した三人の娘など、もう眼中にないのだ。

狂って、当り散らして、悔やんで、最終的に戦隊ヒーローとヤンさんに落ち着いた母。仏壇の前で一心不乱にエアロバイクのペダルを漕いでいる母を見ると、恨みごとも引っ込んでしまう。

若いころに得ることのできなかった時間を必死で取り戻そうとしているのだ。

好きなように生きてほしい。母の人生、これからだ。

私はそんな母を苦笑いしながら見ていたい。

ふたりのおばさん

母の姉にあたるアツコおばさんがバラエティ番組に出演した。

地元の食材を使って出演者に料理をふるまうコーナーに呼ばれたのだ。

彼女は母と同じで、常に怒りを溜《た》め込んだような表情をしている。「顔は怖いけど実際は優しいってパターンかな」と思わせておいて、本当にヒステリックで尖っているという、見たまんまの人だ。

誰に対しても良いものは良い、悪いものは悪いとはっきり言う。相手に合わせたり、へりくだったりしない。確固たる自分を持った孤高の人である。

スタジオでは、てきぱきと魚を捌《さば》くアツコおばさんを囲んで、お笑い芸人と男性アナウンサーが掛け合いを始めた。しかし、彼女は当然ニコリともしない。芸能人だからといって特別扱いしねえぞという気迫が画面越しに伝わってくる。

「あらあら無視されちゃいました。奥さん、いまのギャグどうでした?」

「……………」

アッコおばさんは表情ひとつ変えずに野菜を刻む。

「ギャグ何点でした？」

「……………」

「えっ？　奥さんちょっと怒ってません？」

「……………」

「じゃあ、どっちが先に奥さんを笑わせるか勝負しましょう」

完全に違うコーナーになってしまった。

出演して数分で鋼鉄の女っぷりを買われたアッコおばさん。そのしかめ面の前でお笑い芸人とアナウンサーが食材を使って交互にボケ始めた。頼む、不穏な空気を察してくれ。アッコおばさんの前でおどけるな。おばさん、そういうの一番嫌いなんだ。頼む。彼女の生態を知る者はみな、ヒヤヒヤしながら見守っていた。

「奥さん、いまのダジャレ面白いですよね？」

「……………」

「奥さん、無理しないで下さいよ」

「……………」

「奥さん？」

「完成です」

有名人を視界から完全に排除し、きれいに盛り付けた料理をカメラに向けた。

アツコおばさんの憮然《ぶぜん》とした顔も大きく映し出された。

田舎もんだからって馬鹿にしやがって。

アツコおばさんの一重のつり目が、肩が、踏ん張るように外向きに開いた足が、そう発していた。その姿は息を呑むほど凛々《りり》しかった。

父方にも独特の雰囲気をかもし出すおばがいる。ワケありの雪子おばさんだ。

雪子おばさんは一時期、私たちの家に居候していた。周囲の反対を押し切ってヤクザまがいの男と結婚したものの、相手の暴力に耐え切れず一年も経たないうちに夜逃げをし、我が家に身を隠していたのだ。男に居場所を突き止められては引っ越し、各地を転々としていたらしい。

外の世界を知る雪子おばさんは、どこか艶めかしかった。栗色の髪をきれいに巻いていた。集落の人々や親戚の噂話には決して加わらず、少し離れたところで、つまらなそうに煙草をふかしていた。

雪子おばさんの部屋を覗《のぞ》いたことがある。本棚には、太宰治や谷崎潤一郎の文庫本が連なっていた。彼女の辿《たど》った人生を示唆《しさ》するような並びだったが、そのことに気付くのは随分あとになってからだ。


妹を追いかけて、居間を走り抜けた私に、雪子おばさんは言った。

「戸をちゃんと閉めて歩きなさいな。戸を閉めない子はお股が緩むよ」

やわらかい口調だったが、なぜだか母の恫喝よりも胸に響いた。

お股が緩む。それは一体どんな弊害があるのか。当時の私には想像もつかなかったけれど、だからこそ恐ろしかった。大変よくない事態だというのはわかる。

それからは襖《ふすま》をきっちり閉めて歩いた。物を出しっぱなしにするのも身体によくない気がしてやめた。

忠告を守ったにもかかわらず、私はのちに「ヤリマン」と呼ばれた。

雪子おばさんには私の未来が鮮明に見えていたのかもしれない。

相手に近寄ることも、離れることもしないで、ただ愛想笑いでやり過ごしていると き、心の中にいるふたりのおばさんが「それでいいのか」と問うてくるのだ。

私の守り神

「今のあなたは転んだだけで死にます」

眠れないほど痛む首の具合を診《み》てもらったところ、医師はアフリカ奥地の祈禱師《きとうし》みたいなことを言った。

免疫系の持病をこじらせ、頸椎《けいつい》がありえない角度にずれ、神経に支障を来しているらしい。

「いいですか、絶対に転んではいけませんよ」

いっちまえ、と言わんばかりに念を押す。

「もし転ぶなら後ろです。後ろに転んで下さい。当たりが良ければその衝撃で骨が元に戻るかもしれない」

完全に面白がっている。やはり期待しているのだ。

私はすぐに入院の手続きをした。

こうして唐突に大部屋での入院生活が始まった。

部屋の構成員によって快、不快が決まることを過去数度の入院経験から私は学んでいる。通常では交わらない世代や特有の事情を抱えた人たちとひとつの箱の中で生活するのだ。一種のくじ引きである。

他人の病気に干渉しすぎるおばさん、一晩じゅう呪詛《じゅそ》のように独り言を呟くおばさん、自分だけ見舞客が来ないことに傷付いて深夜に泣くおばさん、ベッドで排便するおばさん、男性看護師をランク付けするおばさん。さまざまなおばさんに出会ってきた。メンバーは非常に重要だ。

高齢者四人、中学生ひとりのコミュニティーに無職の中年が加わった。

そんな干物の臭いが充満するその部屋で、黒目がちの中学生が孤高の輝きを放っていた。髪や皮膚や声はもちろん、足音さえも瑞々《みずみず》しい。彼女のベッドにだけ窓から光が射し込んでいるように見える。生気を独り占めする観葉植物みたいだった。

彼女は食事用のテーブルに突っ伏していた。冬休みの課題だろうか。せわしなく頭を掻《か》きむしり「数学が終わらないよう」と嘆いた。

教えてあげようか。そう声を掛けていいものか迷っていると目が合った。

「あたし勉強ぜんっぜん駄目なんです」

彼女は屈託なく笑って言った。

いま会ったばかりだけど、なんとなくわかります。私もつられて笑った。

中学生ってこんなにきらきらしていたっけ。かくも、するっと人の心に入り込む生き物だったっけ。私はものの数分で目の前の小動物にすっかり魅了されていた。

言うまでもなく老女四人も彼女の虜《とりこ》だ。女子中学生の一挙手一投足に全員の視線が集中した。

中学生とトイレで鉢合わせしたときのこと。「お先にどうぞ」と私が順番を譲ると、シャッと鋭く放つ音が響き、にかっと笑いながら出てきた。一瞬だった。いまので出し切ったのか。ちゃんと拭いたのか。心配になる早さだった。

中学生は洗顔も一瞬だ。二、三回勢いよく水を掛け、一目で安物とわかる化粧水を数滴パパンと頰に叩きつける。それでおしまい。しわに沿って保湿クリームを念入りにすり込む、なんてことはしなくてよいのだ。

いったい階段の何段目から違う生き物になってしまうのだろう。私は彼女からどんどん目が離せなくなった。

中学生は思ったことをそのまま口にした。予約したシャワーの順番を抜かされ「あのくそじじい絶対許さない」と日に何度も憤慨する。かと思えば「これママの分」と売店で大きな焼き芋を買い、そわそわと面会時間まで待つ。手術のために病院の床屋で髪を短く切った私に「違和感ないと思いますよ」なんて大人びたこともさらりと言った。疎開児童のようなおかっぱ頭にされた中年に「似合っている」と安易に励まさないところがいい。とてもいい。

中学生、あなたはなんと頼もしく、神々しいのか。

私の手術前日、テーブルの上に彼女からの手紙があった。私が検査で部屋を空けているあいだに退院してしまったらしい。

「大変なこと、これから沢山あると思いますが、頑張ってください！」

大人びた右上がりの丁寧な文字だった。中学生が無職の中年を激励している。平凡な一文に違いないのに、体の芯《しん》から痺《しび》れてしまった。

それにひきかえ私はあの子に何かしてあげただろうか。教員という職に就いていたにもかかわらず。まったくもってどちらが大人かわからない。

わたし手術頑張るから。人としても教師としても全然駄目だけど、せめて痛いの頑張るから。

手紙を御守りのように枕元に置いて眠った。


三時間半のなかなか大変な手術だった。

麻酔から覚めると、首と下半身に鈍い痛みが走った。動けなかった。頸椎をボルトで固定し、補強のために骨盤の一部を削って首に移植したという。全身におもりを括《くく》りつけられているような不自由さの中、嘔吐《おうと》を繰り返す。首が固定されていて容器に吐くことができず、ただただ顔のまわりに垂れ流した。

自力で寝返りを打つこともできない。阿呆のようにまっすぐ天井を眺めて時間をやり過ごし、定期的に吐いた。

おそるおそる手を伸ばし、汗ばんだ髪をすくと、凝固した血液が鉄錆《てつさび》のごとくざらざらとこぼれ落ちた。金平糖みたいにでこぼこした大きな粒もある。指先は赤銅色《しゃくどういろ》に染まっていた。野ざらしの鉄棒で逆上がりをしたあとの匂いがする。髪のあいだから郷愁がざらざらぼろぼろ降ってくる。枕元には抜け落ちた大量の髪の毛と赤い金平糖、そして乾いた吐しゃ物。まるで身体を乗っ取られているようだ。自分が自分でなくなってしまったような恐ろしさを感じ、目を閉じた。

眠っているあいだだけは痛みと戸惑いから解放された。


なぜ私はこんな目に遭わなければいけないのか、同世代は子育てをしたり、責任ある仕事を任されたりしているのに、私ときたら何ひとつ満足にできていない、という卑屈な感情は不思議と湧いてこなかった。それは、同室の人たちもそれぞれ重い病と闘っていたからだ。

私の隣には腰椎を損傷して若いころから車椅子で生活する森永卓郎似のばあさん。そのまた隣には「胸椎を手術したばかりで痛くて寝られない」と朝から晩までピシッと背筋を正して座っている直角のばあさん。ふたりとも戦国武将の鎧のような立派なコルセットを巻いていた。

自身の苦労を騒ぎ立てることなく「まあ、しゃあない。この無様な格好で生きていくしかない」と運命に粛々《しゅくしゅく》と向き合っている。

悲哀でも恨み節でもない。同情を求めたりもしない。だが仲間の体調は家族のように気遣う。投げやりにならず、かといって無闇に希望ばかりを語らず、ただ一日、一日を生きる。現実をありのまま受け止めている人たちだった。

そういうふうに生きて、死にたい。私の目指す人間の姿がそこにあった。だから何も怖くなかったのだ。

私たちは同じ痛みを持つ「脊椎《せきつい》組」として互いにいたわり合った。

ただ、残念なことに三人とも自力でベッドから出られないので、隣で苦しんでいても駆け寄ることはできない。

窓際のばあさんの「そろそろよ」という声を合図に、ビルの谷間から昇る朝日に目を細める。『天才！　志村どうぶつ園』を観て、家に残してきた猫を思い出し、同じタイミングで涙ぐむ。深夜に不吉な唸り声が聞こえたら代理でナースコールを押す。私たちにできるのはそういう些《さ》細《さい》なことだ。

そんな「脊椎組」の担当看護師はエグザイルの誰かを失敗させたような若者だった。

「自分、これでも注射は得意っすから」

その言葉を信じて腕を出したら二度失敗した。三度目で「ほら大丈夫」と自慢気に微笑《ほほえ》んだ。「ほら」の意味がわからない。失敗しても決して落ち込まない。その心の強さはどうすれば手に入るのか。

検温時は患者一人ひとりの肩に手を置いて巡回する。偽エグザイルのディナーショーだ。去り際、壁に取り付けられた鏡をしっかり覗き込むのを忘れない。「その一連の流れが実に見事だ」と無愛想な卓郎ばあさんも絶賛する。

普段は消灯時刻を過ぎても騒がしいばあさん連中も、彼が当直の日は少女のようにしおらしい。「電気消しますよ。おやすみなさい」の声に「おやすみなさ〜い」と全員の声が美しく揃う。首元までしっかり掛布団を引き上げているのだろう。

みんな良い子になって、うっとり目を瞑《つぶ》る。

偽エグザイル劇場は私たちに穏やかな眠りを与えてくれた。

もうひとつ、忘れられない夜の出来事がある。

それは突然のことだった。消灯前の静まり返った病棟に「ンアーン、ンアーン」と振り絞るような泣き声が響き渡ったのだ。

「赤ちゃんよ、近くに赤ちゃんがいるわ」

いち早く異変をキャッチした卓郎が隊長然とした声を上げた。

「あっまた泣いてる」

隊員たちもどよめく。

「入院してるんだわ」

「隣の部屋じゃない？」

「赤ちゃん見たいわあ」

「ちょっと見てこようかしら」

老婆たちが一斉にメスの本能を刺激され、息をひそめ耳をそば立てた。実に動物的な変わりようだった。子を産むか産まないか、その違いがこんなにはっきり表れるものなのか。

完全にメスになってしまった老婆が赤子の泣き声に導かれるように、ひとりまたひとり、よろよろと廊下へ出て行った。すると、それに続くように一日じゅう直角に座っているばあさんもゆっくり車椅子に乗り移った。

ふと隣を見ると、卓郎もふらふらと立ち上がり、重たい酸素ボンベを車椅子に載せようとしている。まさかその身体で行く気か。背中に矢が刺さったまま大将は出て行った。この生命力は何なのだ。ふたりとも看護師の手を借りて寝起きする生活を送っていたはずなのに。

私はひとりぽつんと残された病室で『ハーメルンの笛吹き男』を連想した。赤ん坊の泣き声は笛よりも強力だった。

吐いてばかりで何も食べられない日が続いた。しかし、朝昼晩の薬は飲まなければいけない。首が固定されているので、横になったままL字型のストローで水を飲む。両手首には点滴の針が入っており、薬をつまんで口に運ぶのが難しい。

「お薬飲ませてあげようか？」

見かねた偽エグザイルが言った。

ひとつずつ、じっくり時間をかければ自力でできる。普段ならそうした。でも、なんだか持っているものを全部放り出してしまいたくなって、素直に「お願いします」と頼んだ。

偽エグザイルから七種類の錠剤をもらう。一粒飲み込んでは、また口を開ける。親鳥に餌をねだる雛のようだ。なんか、ちょっと、いい。いい感じではないか。人に甘えるのも悪くない。

病院でも職場でも家庭でも、簡単に楽になれる道はあったのに、まわりが手を貸そうとしてくれたのに、私はその手を頑固に振り払ってきた。ちょっと頑張ればできるのに、わざわざ人の手を借りることを恥じていた。

甘えは馬鹿。弱音も愚か。子供のころから、ずっとそう思っていた。けれど、ときには誰かの厚意に思いきり寄り掛かってしまっていいのだ。力を抜いて生きればいい。

舌に落とされる錠剤を飲み込みながら、そんなことを思った。

手術から三日目。ふと疑問が湧き、点滴を交換する偽エグザイルに尋ねた。

「あの、トイレに行きたくなったらどうすればいいんですか」

何も食べていないとはいえ、まだ一度も尿意を感じない。

これはさすがにまずいのではないか。膀胱《ぼうこう》が麻痺しているのではないか。病気だったらどうしよう。急におそろしくなったのだ。

すると彼は肩を揺らして笑った。

「いま出てますって。いま、まさしく。おしっこ出てます」

ベッド脇の尿袋を目の高さに掲げて見せてくれた。

衝撃だった。尿道に差し込まれた管から自動的に流れる仕組みだったらしい。知らぬうちに膀胱を乗っ取られていた。

私は阿呆の雛のように口を開閉したり、いままでの行いを省《かえり》みて物思いに耽《ふけ》ったり、すました顔を決め込んだりしながら、無意識のうちに放尿していたのだ。

「出てる感じ、しなかったです。すみません」

「大丈夫。出てる感じ、しないものなのです」

偽エグザイルを頼もしく感じる自分がいた。

両足首には専用のマッサージ器が取り付けられていた。足の指先からふくらはぎまでをすっぽりとシートで覆《おお》い、血流が悪くならないように締め付けたり緩めたりするのだ。二十四時間つけっぱなしなので、かなり蒸れる。

手術から数日を経て、ようやくこの器具から解放されたとき、たまらなく不快な発酵臭がした。麻薬犬のごとく鼻をひくつかせ、臭いの源を求めて嗅ぎ回ると、どうやら足の指だった。指のあいだから警報が鳴っていた。

これは看護師にも嫌な思いをさせただろう。いたたまれなくなり、指と指のあいだにエイト・フォーをビャーッと噴射した。目を血走らせ、菌という菌を全滅させる勢いで吹き掛けた。

当然シャワーや風呂に入ることはできない。

「器具も外れたことだし、きょうから身体を拭いていきますね」

もたいまさこによく似た、ひっつめ髪に黒縁眼鏡のベテラン看護師がそう言った。

他人に身体を拭かれるのは初めてである。硬直していると、もたいまさこは尋ねた。

「おすそも洗いますか？」

おすそ。初めて耳にする単語だった。

人体の「すそ」といえば足だろう。足を洗うかどうか尋ねているに違いない。ついさっきまで足の臭いに全神経を使っていたせいで完全に願望が先走った。渡りに船とはまさにこのこと。

いますぐにでも洗ってほしい。ぜひとも。

「お願いします！　もう何日もお風呂に入ってないからメチャクチャ臭いんです。あまりにもプーンと臭ったから自分でもビックリしました。我慢できなくてエイト・フォーかけちゃったんですよ。ハハハ。蒸れると臭いがきつくて駄目ですね。お願いします！」

普段はこけしのように目を細め、押し黙っている私だが、嬉しさのあまり饒舌《じょうぜつ》になった。身を乗り出して「臭い臭い」と説明していた。

「では、道具を持ってくるので」

もたいまさこは言葉少なに出て行った。

温かいタオルで首筋から背中へと順に拭っていく。あれだけ熱弁したにもかかわらず、足の指はサッと拭いただけで終わった。たらいに足を浸してジャブジャブやってもらえるのではと期待していただけに拍子抜けした。私の話、ちゃんと届いていたのだろうか。

そろそろ終了かと油断したそのときだった。

もたいは事務的に「失礼します」と言うやいなや、私のパンツをずり下げ、陰部にシュパ——シュパパパパパパーパパパ——ップシュ——ッと、これでもかというくらい洗浄スプレーを大量噴射。そしてウエットタオルで激しく拭いた。濡れ犬をタオルで拭うときの豪快な手つきだった。

過剰なまでの洗浄に、もしやと愚鈍な私もさすがに気付いた。

これが「おすそ洗い」に違いない。

私はさっき何と言ったか。「メチャクチャ臭い」「プーンと臭って」「自分でもビックリ」「蒸れるときつい」。おまけにエイト・フォーである。

こいつは腋《わき》とパンツの中にエイト・フォーをためらいなくぶっかける女。もたいは哀れみながら乱雑に拭いたのだろう。妖怪「おすそ洗い」として。彼女は私の訴えにしっかりと耳を傾けてくれていたのだ。もう私には恥ずかしいことなど何もないような気がした。


食事が流動食から通常のメニューに変わったころだった。

朝食を食べていると、母が「夜行バスで来ちゃった」と少女のように肩をすくめて現れた。

見舞いに来るなんて聞いていなかった。いきなり、こんな朝早く。還暦を過ぎているのだ。しかも、真冬だ。小太りな母がバスの車内で窮屈そうに身に沈める姿を想像し、胸が潰れそうになった。足がむくんだだろう。寒くて眠れなかっただろう。申し訳ない気持ちになり、まともに顔を見られなかった。

「何か困ってることはない？　身の回りの物は足りてる？」

「パンツを買ってきてほしい。無印良品のコーナーにあるやつね」

洗濯もできず、パンツが底をついていたのだ。ベッドから出られない私に代わって、母が売店まで行ってくれた。

こういうことは他人に頼みにくい。家族っていいな。しみじみとありがたみを感じていると、母が「これでいいんだよね？」と真っ白な綿のパンツを差し出した。それはヘソまですっぽり覆う模範的なパンツで、サイズもかなり大きい。ランチョンマットくらいあった。

どうやら「無印のパンツ」を「無地のグンゼ」と勘違いしたらしい。

「ぜんぜん違う」

私は突き返してしまった。

ばあさんたちまで「無印よ、無印。わかるでしょう」と大笑いする中、母だけがきょとんとしていた。まわりに合わせるように苦笑いを浮かべたその顔を見て、私はようやく気付いたのだ。母は無印良品が何なのか、わからないのだと。集落にそのような単語は存在しない。仕方のないことだ。そんなことも考えず、私はひどいことを言ってしまった。

だから、ばあさんたち、そんなに腹を抱えて笑うな。

夜行バスで山奥から出て来てくれたお母さんのこと笑うな。

「交換してもらって来るね」

グンゼの大きなパンツとレシートを握り締め、再度売店へ向かう母の後ろ姿。その肉付きのよい肩ががっくりと下がるのを目にして、私はどっと涙が溢《あふ》れた。

インターネットで知り合った数年来の友達三人がわざわざ見舞いに来てくれた。また、遠くに住む顔も知らないネットの人たちは「暇つぶしに」と本やお土産を送ってくれた。

私には子供のころから友人と呼べるような親しい人はいなかった。それで不自由なかったし、このまま老いてゆくのだと思っていた。

だけど、画面の向こうから応援してくれる人はいた。いつもいた。友人の形にこだわる必要なんてなかったのだ。

レントゲン写真の首筋にはボルトが三本、鳥居のように組まれていた。実に奇妙な光景である。体内にパワースポットが誕生していた。小さな聖域を設けてもらったのだ。参拝してもらう側になってしまった。

車椅子に乗っていたのが、一週間もすると歩行器になり、やがて手すりを伝いながら少しずつ自分の足で歩けるようになった。

「わあ、ひとりで歩いてる」

看護師や顔見知りの患者たちが手を叩いて褒《ほ》めてくれる。褒められるともっと先まで歩いてみたくなる。昨日までできなかったことが、ふとしたきっかけで上達する。その変化にぞくぞくする。

縮こまっていた手足がしっかり機能していることを確かめながら、手の鳴る方へ、ひょこひょこと進んでゆく。赤ん坊に戻ったような気分だ。私はかつてこの喜びを味わったのだ。

ここでは散々な目に遭《あ》った人たちがたくましく生きている。みんな死にかけているのに、そんなことも忘れて豪快に笑ったり、手術室へ向かう仲間の手を強く握ったりしている。

中学生に励まされた。懐かしい人にも会えた。友達ひとりもいないと思っていたけれど、画面越しにたくさんいた。

いまの私なら、わだかまりを捨て、まっさらな状態から生き直せるのではないか。初めて自分の足で床を踏み締めた、この感触を忘れないようにしよう。そう思った。

ベッドで寝ているあいだに、すっかり季節が変わっていた。

外の空気を大きく吸い込む。額にじんわりと汗がにじむ。入院時の分厚いコートを羽織る私だけが真冬を引き摺《ず》っていた。

またどこかの学校で働けるだろうか。それとも新しい仕事を探そうか。

やっとスタート地点に立てただけなのに、何でもできるような自信に満ち溢れていた。はやる気持ちを抑えて、雪解けの街を前へ前へと進む。

こんな清々しい気持ちは何年ぶりだろう。私は本当に生まれ変わってしまったのかもしれない。

私に力をお与え下さい。

首の鳥居をひと撫《な》でする。

ここに私の小さな守り神がいる。

ここは、おしまいの地

私はヤンキーと百姓が九割を占める集落で生まれ育った。

芸術や文化といった洗練されたものがまるで見当たらない最果ての土地だった。コンビニも書店もない。学習塾もない。公民館のロビーの一角に「貸し出しコーナー」と書かれた今にも倒壊しそうな本棚が三つあり、住民はそれを「図書館」と呼ぶ。

電車が通っていないので、もちろん駅もない。バスは一日二便。朝の便を乗り過ごすと午後まで集落から出ることができない。

ないものばかり数え上げても仕方ない。春先には住民が強制的に参加させられる運動会がある。まるで中国の国家行事みたいだなと思っていたら、本当に似たような大会が中国にもあった。中国人は手榴弾《てりゅうだん》を投げて競い合っていたが、我々は大きな俵《たわら》を担いでリレーする。

芸術はないが、農業はある。あり余る。赤、青、緑といえば信号機ではなく農作業着の色だ。

十二月には窓がすっぽり埋まるほど深い雪に覆われる。息を吸い込むと肺胞《はいほう》がぽろりともげ落ちそうな氷点下の夜。ひと冬に何度か破裂する水道管。冬は集落をいっそう陰気なものにする。

集落に生まれ、底辺の学校を出て、就職先もまた僻地《へきち》。その後の転勤先もことごとく山奥。志願して田舎に赴任したわけでも、これといって愛着があるわけでもないけれど、体内に強烈な磁石でも埋め込まれているのか、限界集落すれすれの地ばかりに縁がある。

そうして、見切りをつけて飛び出すこともせず、運命に身を預け、ずるずると根を下ろして暮らしている。

集落の秋。ことに十月は不穏の色を増す。

腰の折れ曲がった老婆たちが道端に大きなカボチャを積み始める。粗大ゴミでも出すように、どかんと無造作に置く。

「ハロウィンはカボチャの祭りです。みなさんの畑にある、いらないカボチャを出しましょう」

そんなあやふやな情報に踊らされ、廃品回収と同じ要領で始まったのかもしれない。

ある者は表面のでこぼこに「祝」や「長寿」、少し視野の広い老人は「世界平和」「TPP反対」などとマジックペンで書く。中には無理やり服を着せられたカボチャもある。その顔には「交通安全」と大きく書かれている。年寄りが見よう見まねで展開する願い事だらけのハロウィン。秋の七夕である。

雨風でインクが滴《したた》ると「願いのカボチャ」は「呪いのカボチャ」へと進化を遂げ、不気味な姿で田舎道に佇《たたず》む。目や口をくり抜いたものも並ぶが、あまりにも作りが粗すぎて、それが意図的なのか鳥や狸に食われたのか判別できない。惨劇だ。

もちろん仮装する若者なんていない。練り歩くにしても農道しかない。けれどもハロウィン本来の恐ろしさという一点においては、都会のパレードよりも、はるかに勝るのだった。皮肉なことに、そこだけは西洋文化を継承している。カボチャ生産者の空回りしたやる気だけがひしひしと伝わる。それが集落の秋。

集落の人々には鍵をかける習慣がない。

私の実家はこれまでに二度、不審者に侵入されている。二度やられてもなお鍵をかけようとしない。変なところだけ徹底しているのだ。

最初の侵入者は私が中学生のとき。朝方、目を覚ますと私の部屋のドアが半開きになっていた。おかしいな、ちゃんと閉めたはずなのに。そう思いながらドアに歩み寄った瞬間、足裏にジャリという感触があった。泥の塊だった。枕元にも点々と痕跡がある。泥を辿りながら一階へ下りていくと、玄関の扉が開けっ放しになっていた。

慌てて両親と妹を揺さぶり起こした。小学生の妹は、夜中、知らないおじさんに「早く寝なさい」と、やさしく声をかけられたという。

いちばん不可解な行動を取ったのは父だ。目を覚ますや否や「狐が紙飛行機を飛ばしている」という謎の言葉を残し、裏山に向かってふらふらと歩いて行ったのだ。

現金や通帳は無事だったが、その日は父を筆頭に家族全員がまるで毒を盛られたかのように、どこかふわふわしていた。きっと盛られたのだ。いや、狐の仕業だろうか。

第二の侵入者は、母にプレゼントしたばかりのニンテンドーＤＳと脳トレのソフト、そして父が数年がかりで貯めた阪神タイガースのトラッキーの貯金箱を盗んでいった。トラッキーには爪先から帽子まで硬貨がぎっしり詰まっていた。
またしても大金や通帳には手を付けず、家族のやわらかい部分だけを持ち去ったのだ。田舎の泥棒は心理的なダメージを与えることに重きを置いているのだろうか。それも、あとからじわじわ効いてくる系統の。

おかげで母は未だに脳を鍛えられずにいる。

「泥棒がゲームに飽きたら本体を返しに来てくれるかもしれない」

そんな一縷《いちる》の望みを抱き、母は家に残されたＤＳの充電器を大事に保管している。

母がボケたら空き巣のせいだ。


不審者だけではない。実家は訪問販売の餌食《えじき》にもなってきた。

こうなると田舎云々ではなく、単に我が家の人間性に問題があるのかもしれない。

母は販売員に勧められるまま、三十万の羽毛布団と五十万の浄水器を買ってしまった。我が集落は、ひときわ純度の高い水源に恵まれている。水道水が美味《うま》いことが数少ない自慢なのだ。これ以上何を浄める必要があるというのか。

祖母は「これから実演販売をやるから家の人にはナイショで見においで」と、いかにも怪しい言葉で、農協倉庫前のクヌギの樹の下に誘い出され、腰痛が治るという四十万の「磁気入り健康マットレス」を買わされた。

幼い私がいちばん心を痛めたのは、金額ではなく「クヌギの樹の下で買わされた」という事実だった。その光景がまざまざと目に浮かぶのだ。地面に敷いたシートの上に並べられた健康器具の数々。勧められるままに手に取る、腰の折れ曲がった祖母。これでは本当に部族の売買じゃないか。簡単に樹の下に誘い出さないでくれよ。そう切に願った。


最近では集落の老人たちがオレオレ詐欺の被害に遭っているらしい。やられ放題だ。あらゆる被害のしわ寄せが田舎に来るのだ。

しかし、何度も実害を被ると、さすがに警戒心を持つようになったらしい。

詐欺被害のニュースを見ていた母が得意気に言った。

「うちんとこに潜伏していた下っ端の〝さしこ〟も逮捕されたのよ」

おそらく受け子か出し子のことだろう。いや、本当に「さしこ」なのか。田舎に潜伏し、犯罪の片棒を担ぎながら総選挙に出場していたのだろうか。

集落の老人といえば、母方の祖父も一風変わった人だった。広大な大地がそうさせたのか、元から備わっていたものなのか、酒を飲むと辺り構わず暴れる彼だが、素面《しらふ》では「いいんだ、気にするな」が口癖の気前のいい老人だった。

祖父は生涯に二度も車に撥《は》ねられている。

一度目は道路を横断しようとして乗用車に撥ね飛ばされた。全身を強く打ち、うんうん唸《うな》っていると、運転席から青年が真っ青な顔をして降りてきた。年の頃は自分の息子と同じくらい。

咄嗟《とっさ》に祖父は叫んだ。

「若者には未来がある！　警察が来る前に去れ！　さっさと逃げろ！　遠くまで逃げろ！」

被害者の言葉ではなかった。祖父は見ず知らずの加害者に逃走を勧めた。血を流して横たわり、めちゃくちゃにキレながら。

青年は言われるままに走り去った。それを見届けた祖父は、路肩の草むらにごろりと横になり、数時間休んだのち、何事もなかったように歩いて帰宅したという。

私はこの逸話を最近になって知った。あまりにも祖父らしい計らいだと思い、腹を抱えて笑った。裁判だの賠償だのと責任の所在や損得を決めたがる人は多いけれど、祖父には世間の常識や規則なんて関係なかった。自分の心のままに行動する人だった。

そんな祖父も二度目の交通事故で帰らぬ人となった。

今度の相手は大型のトラック。さすがの祖父も草むらで小休止する余裕はなかった。

それでも「段ボールのようにふわっと舞い上がった」とか「家族に内緒で購入した自分の墓をこっそり下見に行く途中だった」とかいう間の抜けた証言を聞くと、申し訳ないけれど酸素マスクをした危篤《きとく》の本人を前にして吹き出してしまった。

不慮の死でありながら、大往生を遂げたかのような和やかな葬儀だった。祖母も含めて親戚一同「じいさんらしい死に方だな」と顔を見合わせて笑った。

こんな不謹慎さも田舎の人間の特徴なのだろうか。それともただの血筋か。どちらにしても「ありがたい血を受け継いだ」と私は思う。

都会へ出かけたこともなく、インターネットもない時代だったけれど、子供ながらに「ここは、おしまいの地」という自覚はあった。

この学校で一番を取っても何の価値もない。この集落は終わっているのだから。そうやって一歩離れたところで諦観を決め込んでいたけれど、実際のところ私は勉強でもスポーツにおいても一番になどなれなかった。おしまいの地の、クラスの五番手くらい。口ほどにもなかった。

小学校から帰ると、有り余る時間を無理やり潰すように、野山の花や蝶を集めたり、夜空を見上げて星座の傾きを書き写したりして過ごしていた。やっていることは古代人とさして変わらなかった。

没頭できるような娯楽もない。気の許せる友達もいない。

行き着いた先は自分との対話だった。安心して曝《さら》け出せる相手は己だけ。内へ内へと向かい、寝る前に日記をつけるようになった。くだらなくて、かわり映えのしない毎日だったけれど、布団の中で日記帳を開いて一日を思い返していると、いつしか心が満たされた。

誰にも見せることのない、自分だけの記憶の置き場だった。

——きょうの五、六時間目はプール。あっついからとってもうれしー。でも、水の色は緑色。虫もいっぱい浮いてる。きっもちわりー。うわさだけど、この緑色はバスクリンを入れてるせいなんだって。夏休み始まったときからずっと水をかえてないんだって。きったねーな。でも、先生に「汚いから、水に顔つけなくていい」って言われたから、最終的にラッキー。（小学六年、九月一日）

――一、二時間目は体育で鉄棒。その前に準備運動があって、男子はグラウンドを五周、女子は十五周なのです。先生はなんでこんなに差別するのかな。（小学六年、十一月五日）

――Nさんの国語、社会、理科の三教科の教科書がなくなったの。この前はBさんのもなくなったわけだから、先生は、だれかがかくしたんだ！　と言い張って、三時間目の算数をつぶして、NさんとBさんにいろいろ聞いてた。犯人はわかったそーだ。だれだろーねっ。（小学六年、十二月一日）

プールにバスクリン。そんな馬鹿なことがあるかと一笑に付されるかもしれないが、記憶の中のプールは確かに黄緑色だ。何が起きても不思議ではない地域なのだ。

当時クラスの女子のあいだで仲間はずれや盗難が頻繁に起きていた。担任の男性教師は、連帯責任として、たびたび女子全員を教室から追い出して廊下に立たせたり、女子の給食のおかわりを禁止したりしていた。いま同じことをすれば、たちまちニュースになるだろう。

担任の「腐りきった女どもの根性を叩き直す」という作戦は功を奏さず、女子のあいだの報復合戦は陰湿になる一方だった。どこの世界にも悪いことをする人間はいる。田舎は狭い人間関係の中で生き続けなくてはいけない分、一度つまはじきにされると、その苦労は集落を出るまで続いた。

ふたりの教科書を隠したのはAさんという女の子だった。

彼女は女子グループから、鉛筆を折られたり教科書をゴミ箱に捨てられたりしていた。その報いとして、Aさんが彼女らの教科書を学校の焼却炉《しょうきゃくろ》にぶち込んで燃やしたと聞き、「やるなあ」と思わず顔がほころんだ。そんなことを口にしたら、たちまち袋叩きにされるから、できるだけ神妙な顔をつくって押し黙っていたけれど、やっぱり私は嬉しかった。彼女はひとりで闘っていたのだ。

Aさんも私も、ひとりもの同士だった。

私はあからさまに仲間はずれにはされていないけれど、宿題や掃除当番やさまざまな面倒なものを押し付けられていた。「便利だから一応仲間に入れとく」というぎりぎりの待遇らしきものがあった。

誰のことも好きじゃない。誰も友達ではない。けれど嫌われるのは面倒だから、いくつもの「貸し」をつくって身を守っていた。闘う彼女と闘えない私。ひとりもの同士で結託することもなく、お互いの様子を窺《うかが》いながらそれぞれの方法で息をしていた。

——きょうね、お母さんが私にだけ一足早くクリスマスプレゼントをくれたの。もちろん『マッピーランド』。マッピー、最初は意味がわかんなくて、「おもしろくない」って思ったけど、だんだん上手くなって、もうはや一の四面まで行けたよ。やったね。湯たんぽさん、あったかーい。やったね。(小学六年、十二月二十二日)

こんなに浮かれている日記は珍しい。人間本当に幸せなときは湯たんぽにも「さん」を付けるのだ。学校では誰とも気軽に話せないが、相変わらずノートの中でだけは饒舌だった。

時はファミコン全盛期。世間にならい、我が家にも一時期だけファミコンが存在したけれど、ある日それらが突然姿を消してしまった。ゲームばかりする娘たちを懲《こ》らしめるために両親が捨てたと思い込んでいたのだが、彼らはファミコンの紛失を最近まで知らなかったらしい。これも空き巣に持って行かれたのかもしれない。

ヤンキーはトラック運転手やヤクザになり、農家の子は跡を継ぐ。地元に残った女子の多くは野菜選別や魚の解体などのパート従業員を経て、トラック運転手や農家の跡継ぎと結婚し、子をもうける。世の中が目まぐるしく変化しても、集落はそのようにしてまわっていた。

私は念願だった教職に就くも、学級崩壊を起こして心身を病み、退職した。

大学を出たのに定職に就いていない者に対して、集落の人の目は殊さら厳しかった。両親にも「恥ずかしい。せっかくお金をかけて大学にまで行かせたのに」と散々溜息をつかれた。

「病気になって、仕事辞めて、子供も産めないんだって」

中学を卒業して以来会っていない同級生にまで伝わっていた。

病気になって、仕事を辞めて、子供も産めないことがいったい何だというのだろう。この集落を出たあとの私の何を知っているのだろう。そう問い詰めてみたいけれど、それを気にしているのは他でもない私自身なのかもしれない。

私は実家に帰りづらくなり、暇を埋めるようにブログを更新した。開設したてのころは、買った物や食べた物、アルバムやB級映画の感想などを載せていたが、それは長く続かなかった。けれど、家族のことや集落での出来事を思い返しているときは、なめらかに指が動いた。

私は集落のちょっとした腫《は》れ物のような扱いを受けていたにもかかわらず、気が付くとブログにもコラムにも故郷のことばかりを綴《つづ》っている。そこにあるのは憎しみでも恨みでもなく、滑稽《こっけい》な過去だ。それは、子供の時分、寝る間を惜《お》しんで日記帳に向き合っていた日々に似ている。

何もない集落に生まれたことも、田舎者丸出しのなりふり構わない暮らしも、大人になってそれらを隠しながら生きていたことも、教員を続けられなかったことも、病気も、経験してきた数々の恥ずかしい出来事すべてが書くことに繋《つな》がるのなら、それでいいじゃないか。そこに着地させたい。私の中の「おしまいの地」を否定せずに受け止めたい。そう思うようになった。

誰も気に留めることのない、この小さな集落に私のすべてがある。そんな他人から見れば些細な話をこれからも書いていく。

金髪の豚

私の通っていた集落の中学校は『ごくせん』さながらの荒野だった。ガラスが頻繁に割られ、掲示物は貼ったそばから無残に破られた。

私は中学に入って間もなく、同じクラスの一〇〇キロ以上ある金髪のヤンキーに「付き合おうぜ」と言われた。「帰ろうぜ」みたいなノリだった。相手は冗談で言ったのかもしれないが、私は本気と冗談の区別があまりつかない人間だったので、その言葉のとおり付き合うことになった。

当時好きだった男の子に嫌われた悲しみと、ヒステリックに怒鳴り散らす母への反抗心が募《つの》っていた私は「全然好きではないが付き合うしかない」と思ったのだ。ゼロか一〇〇。昔からそういう極端なところがあった。

人生を変えるなら、これくらい思い切らなければ駄目だ。

どうせここは「おしまいの地」なのだから。

そのヤンキーは小学生を脅して金を巻き上げたり、平気で万引きをしたりする、ろくでもないところがあり、「豚」とか「金髪の豚」と呼ばれていた。「紅の豚」や「金髪豚野郎」よりもずっと前から、集落には「金髪の豚」が存在した。こっちが元祖だ。

金髪豚の素行の悪さは集落中に知れ渡っていた。母は豚のお母さんに「うちの子と関わらせないで」と直談判し、私には「あっちの家には二度と行くな。男と女が同じ部屋にいたら何をされるかわからない」と、ものすごい剣幕で怒鳴った。

母や豚のお母さんが心配するようなことは起きていなかった。そんなことは余計なお世話だった。なんて気持ちの悪いことを想像するのか。私は顔を真っ赤にして部屋に籠《こも》り、その後も母への当てつけのように豚の家に通った。

彼の家はスナックを経営していた。そこは焼肉屋を改装した店舗で、テーブルにコンロが残っていたり、お通しにキムチや焼肉が出てきたりする焼肉屋の名残《なごり》が強すぎる店だった。

カラオケの機材を置いただけの、何をしたいのかよくわからない店内。都会の流行

りに追いつこうとして、余計に引き離されてしまったような侘《わび》しさだけが漂ってい
た。集落の姿、そしてそこに居座る人間そのものを体現した店だ。
焼肉カラオケスナックはヤンキーたちの溜まり場になっており、私は先輩ヤンキー
の歌う米米CLUBや徳永英明を聴かされていた。「尾崎豊は俺たちのレベルが歌っ
ちゃいけない」。そう話していたのは眉毛のない先輩だった。「おしまいの地」のヤン
キーたちはその妙な言いつけをきちんと守り、幸か不幸かポップで夢のある歌ばかり
歌っていた。
自ら決めたこととはいえ、その店に連れて行かれることも、バイクを見せられるこ
とも、金髪豚の部屋で再放送ドラマを黙って観るだけの時間も、毎日定時にかかって
くる電話も、想像以上の苦行だった。人と接するだけで息切れがするほど心身を消耗《しょうもう》
するのに、いきなりヤンキーが相手とはハードルが高すぎた。
日に日に胸が苦しくなってゆき、小五のときに発病したストレスによる過敏性大腸
炎を悪化させていった。
学校でも変化があった。
私の机にガムテープで「豚」という文字を貼られるようになったのだ。カタカナじ

やないところに執念を感じた。

朝、登校すると、まず机上のガムテープをびりびりと剝がすことから始まった。好きではないのに。クソ。全然好きではないのに。クソが。そう心の中で吐き捨てながら剝がす。

　あるときは油性ペンで「豚」と落書きされた。嫌がらせが続けば続くほど「絶対に犯行現場を押さえてやる」という使命感に駆られ、それが生きがいとなった。

　誰よりも早く登校し、部活帰りに教室を見回る。好きではないヤンキーと付き合い、不本意な嫌がらせを受け、パトロールに全神経を使う。身から出た汚物を全力で回収しにいくような毎日だった。

　パトロールに恐れをなしたのか、嫌がらせはいったん止んだが、安堵《あんど》して通常の生活に戻すと、またすぐに机上の落書きが始まった。

　傷ついた顔を見せてはいけない。それを確認したくてうずうずしている人間がいるのだから。

　私は落書きに気付かぬ振りをして着席し、しばらく俯いた。そして心の中の「せーの」のタイミングでパッと顔を上げた。すると教室にいた男女十数人が私の反応を愉《たの》しむように薄ら笑いを浮かべていた。

全員かよ。

呆気にとられた。

ひとりで闘うということは、こんなにも神経を消耗するのだ。ヤンキー疲れにパトロール疲れ。まったくもって、しなくていいことばかりだった。ひとつひとつやめていこう。

金髪豚に「別れたい」と申し出たところ、「今後誰とも付き合いません」と一筆書かされた。


私のささやかな暴走は昭和と共に終焉《しゅうえん》し、再び静かな生活に戻った。

平成は平静の始まりとなった。


偏差値五の中学を出て、偏差値七くらいの地元の高校へ行き、「進学するなんてすごいね」ともてはやされながら、それほどでもない大学に入学した。

あれは大学に入って最初の夏休みだった。

都会の食べ物の代表格「ミスタードーナツ」の箱を手に、地元のバス停に降り立った。何者かになったような気分でシャッターだらけの商店街を歩いていると、車高の低い車が一台、ずんずんと重低音を響かせながら、こちらに向かってきた。すれ違いざま、その運転手と私は同時に「あっ」と口を開いた。

忘れもしない、金髪豚だった。

いったん通過した豚車が、小学校の校門前でタイヤを鳴らし、Uターンするのが視界に入った。私は反射的に走り出していた。大事に抱えてきた都会の食べ物「ミスタードーナツ」の箱を大きく振りながら、車の進入できない細道に向かって全速力で走った。後方から重低音が追ってくる。

ずっと昔に終わったことなのに。念書も書いたのに。

私は変わった。ちゃんと変わろうとしている。そのために集落を出たのだ。ぐらつかないよう自分に言い聞かせた。

では、なぜ逃げているのか。過去と向き合えばいいじゃないか。矛盾した気持ちを抱えながら走った。豚にまつわるすべてを払い落とすように走り続けた。

都会のドーナツは箱の片側でぐしゃりと潰れ、クリームが飛び出していた。

これはいまの私の姿かもしれない。

川本、またおまえか

いらないものばかり付いている身体だった。

たとえば、生まれつき左目の横にある一円玉ほどの茶色い痣《あざ》。左耳の後ろに張り付いている、色も大きさもカブトムシそっくりの肉厚なほくろ。背中から尻にかけて広がる大きな黒い痣。

どうして私の身体にはこんなに余計なものが付いているのだろう。子供のころから不思議でしょうがなかった。国宝を黒く塗り潰したとか、大量のカブトムシを火に投げ込んだとか、そんな罪を背負わされたとしか思えない。顔の美醜を問う以前に、私はまず汚れていた。

書道教室の先生に「半紙に墨がいっぱい垂れているから駄目よ」と作品を除けられたとき、「これは私だ」と思った。筆から滴り落ちた点、点、点。大減点からのスタートだ。

気合を入れたら剝がせるんじゃないか。そう思い、物心ついたころから疣とほくろに爪を立て、搔《か》き毟《むし》っていた。やがてそれは癖となり、テレビを観ながら、「すみませんでした」と謝罪しながら、目、耳、尻と順番にせわしなく引っ搔くようになった。

疣には血がにじんだ。喧嘩に明け暮れる繁殖期の野良猫みたいに、目の横にかさぶたができた。耳の肉厚なほくろからは黄色い膿《うみ》がどばどば出た。セメダインの臭いがした。だけど、いつかぺろりと剝がれる日が来る。そんな微かな希望を捨てられなかった。

母は「誘拐されたときの手掛かりになるじゃないの」と疣やほくろに価値を見出していたが、年じゅう顔にかさぶたを付けたセメダイン臭のする子をさらうなんて余程の物好きに違いない。

すれ違う人がみな私の疣とほくろを見ているような気がした。自分の醜さが気になり、小学生のときからクラスメイトとまともに会話ができなかった。人と顔を突き合わせることがとても苦しかった。汚い私を見ないでほしい。話すときは目を伏せてほしい。心の中でそう願った。

病的なまでに思いつめるきっかけがあった。

小一の図工の時間、隣の席の人の似顔絵を描くことになったのだ。

私の隣は川本《かわもと》という男の子だった。クラスのみんなよりも頭ひとつ、ふたつ飛び抜けている長身の彼はランドセルのおそろしく似合わない子供だった。

彼の家は我が家の数軒隣。狭い集落だから親同士は顔見知りだが、私たちはその似顔絵の日までまともに言葉を交わしたことがなかった。ぶらぶらと落ち着きなく動かす長い手足。眉の高さで一直線に切り揃えた前髪。その下で睨みをきかせる切れ長の目。立っていても座っていても川本の存在感は際立っていた。

先生に指示された通り、川本と机を向き合わせた。萎縮《いしゆく》する私とは対照的に、彼は真正面から遠慮なく私を見下ろした。鼻の穴を膨《ふく》らませ、その鋭い目で穴があくほど私の顔を観察し、クレヨンを動かす。そして時折、意味ありげにニヤリとした。

その川本の様子に気付いたクラスメイトがひとり、またひとりと彼の背後に集まった。絵と私の顔を交互に見比べ、手を叩いて吹き出している。その好奇の色に満ちた瞳に、鼓動が激しくなった。

嫌な予感ほど的中する。画用紙の中の私は「異物」に支配されていた。焦茶色のクレヨンで、左目の横に実物をはるかに超える、砲丸のような痣が描かれていた。「これでもか」と、ぐりぐり塗り重ねたせいで紙が盛り上がっていた。さっきの川本のほくそ笑みはこれだったのだ。

さらに驚いた。真正面から見えるはずのない耳裏のほくろまで、しっかりと描かれていたのだ。誰にも見つからないように注意深く髪の毛で隠していたのに、彼はいつの間に発見したのだろう。オセロの黒石をぶらんと垂れ下げたような、部族のイヤリングにも似た奇妙な耳になっていた。

「こんなの付いてないもん」

「顔にうんこの染み、耳にうんこが付いとるぞ」

川本の口調は強かった。まわりの男子が即座に「うんこ」に反応し、教室は一瞬で爆笑の渦に包まれた。気付いたときには「うんこ、うんこ」のコールが始まっていた。

当然、川本の描いた私の似顔絵はクラス全員の注目するところとなった。

顔に毎日うんこを付けて登校する女児。私の顔は事件だ。

風呂上がりに鏡の中の自分をまじまじと見つめた。「うんこの染み」とは良く言ったものだ。もうそれにしか見えない。どんなに拭いても消えない強烈な染みだ。

うんこかぁ。鏡を見るたび溜息が出る。試しに横髪を指ですくって、ほくろを隠してみた。少し動くと髪の隙間から茶色いものがちらりと顔を出す。うんこがすぐ出てしまう。

同年代の女子が鏡に向かって笑顔の練習なんかをしているとき、私はうんこを隠避《いんぴ》する髪の分け目ばかり研究していた。


うんこ騒動はかなり尾を引いた。うんこだけに、からかい方もねちっこかった。ようやく下火になったころ、再び私の顔にまつわる事件が発生した。事件はいつも顔面で起きる。

私が通っていた学校は冬場、体育館が氷点下まで冷え込むので、校内のテレビ放送を通じて全校朝会を行っていた。校舎はぼろぼろなのに放送設備だけは無駄に豪華だったのだ。その独特な集落事情のおかげで、画面越しに校長先生の話を聞いたり、給食時間に校内番組を観たりしていた。あるとき、お昼の放送でクラスの代表が作文を朗読することになり、私がその役に選ばれた。

『楽しいたんけん』という作文だった。幼い妹を連れて、近所の廃墟を探検した顛末《てんまつ》を綴ったのだ。私が隊長となり、懐中電灯で足元を照らして廃屋《はいおく》に突入すると、家畜を繋ぐ鎖がいくつも放置されていた。一歩踏み出すごとに床板がズボズボと抜けて靴が嵌《は》まった。壁が崩れて柱だけになった空間に、真っ白い便器がぽつんと残されていた。ここでおしっこをしたら外から丸見えで面白そうだなと想像したこと、妹が泣き出して逃げたこと、あの鎖は牛や馬じゃなくて人間を繋いでいたのかもしれない、という空想。そんな他愛のない冒険話に、先生は大きな花丸を付けて褒めてくれた。

家で何度も読む練習をし、生放送の本番に臨《のぞ》んだ。放送室には照明が何台もあり、狭い室内に熱がこもっていた。大きな失敗もなく、まずまずの朗読だった。大役を終えた解放感から、私は階段を何段もすっ飛ばし、軽快に教室の後ろの戸を開けた。

クラス全員が一斉に振り返った。なんだろう、この興奮を隠し切れない表情は。確か以前もこんな目を向けられたことがある。

思い出す間もなく、川本が第一声を上げた。

「おまえの顔、真っ赤っか。猿みてえだったぞ。みんな大爆笑だったぞ」

川本、またおまえか。

彼に続いて、まわりもキャッキャと囃《はや》し立てる。猿は自分たちじゃないか。

緊張で真っ赤になったのではない。照明の熱がこもって暑かったのだ。みんなも放送室に行ってみるといい。私と同じようになるから。

口ごもっているうちに耳までカーッと火照《ほて》っていくのがわかった。

その変化を川本が見逃すはずがない。

「こいつまた真っ赤になってるぞ」

そう囃し立て、「うんこ染み」以来、二度目の顔面祭りとなった。

作文の内容なんてどうでも良かったのだ。


元から内向的な性格だったが、この赤猿朗読事件を機に悪化の一途をたどった。人と対面しただけで真っ赤になり、あっぷあっぷと溺《おぼ》れるように口ごもってしまう。以前にも増して、過剰に人の目を意識して緊張するようになった。

授業中、私に音読の順番が回ってくると、待ってましたと全員の視線が集中する。前の席の子も振り返って凝視する。注目されている恥ずかしさで、私はどんどん赤面し、しどろもどろになり、声が裏返り、何度もつっかえる。それがまたおかしいらしく、笑いの的となった。

川本が先陣を切って声を上げる。

「まっか」

「まっかっか」

「まっかっかのうんこ」

そうなのだ。私はうんこでもあったのだ。燃え盛るうんこ。強烈だ。無敵だ。

休み時間になっても男子がすれ違いざまに繰り返す。女子は気を遣ってくれているのか、直接口に出したりしないけれど、目配せをして意味ありげに笑っている。

どうにもたまらない。人前に立ったり、発表したりすることが本当に苦しくなってしまった。目がくらむほど顔が火照る。汗が止まらない。一生、人の後ろに隠れて過ごしたい。どうかそっとしておいてほしい。だから、もう誰もこっちを見るな。


私が人の陰に隠れる術ばかり覚えるのとは対照的に、川本は前へ前へと出ていった。それは気持ちのよいくらい、まっすぐで迷いがなかった。

小学六年生にして一七〇センチを超える彼は、何をしても注目された。勉強も運動神経も人並みだったが、弁が立つので良くも悪くもクラスを先導した。俊敏ではなくても、背の高さや歩幅、腕の長さだけで優位になれるスポーツは多かった。

あるとき、彼の親友が私に好意を抱いているらしいという噂を聞いた。川本は知っていたのだろう。長い腕をぶらぶらさせながら、すれ違いざま、私に聞こえるようにぼやいた。

「なんでこんな影のうっすいヤツがいいのかね。影うすうすじゃん。だっせー」

親友にも私にも呆《あき》れているようだった。むかしのように言い返す度胸もなかった。それどころか、本当にその通りだ、と納得してしまっている。川本の言うことは、いつも核心をついていた。

クラスで影踏みをしたときのこと。鬼になった川本が「こいつの影は薄くて見えんぞー。要注意だぞー」と私を指さして大きな声で言った。妙に信憑性《しんぴょうせい》のある言葉だ。もしかすると本当かもしれないと思い、念のために足元を確認した。心なしか薄いような気がした。私はその日のうちに「影踏みチャンピオン」と新たな名が付いた。私の影だけ踏めないという意味らしい。

川本、またおまえだ。

顔さえ赤くならなければ、もっと楽に人と話せるはずだ。私は寝ても覚めても赤面症の克服に囚われるようになった。

藁《わら》にもすがる思いで占い専門雑誌のお悩みコーナーに投書した。はがき一面に綴った呪いのような長文が功を奏したのか、やがて私の相談が採用された。これでようやく救われる。期待に胸を膨らませて読み進めると「目の前の人をカボチャだと思いなさい。あなたはカボチャに緊張しますか？」という、母とまったく同じアドバイスだった。名の知れた占い師が力を込めてありふれたことを言っていることに落胆した。小学生だと思って舐《な》めている。

やけになった私はその後も手当たり次第に挑戦した。日焼けをすれば赤みが目立たないんじゃないか。そう思いついて太陽の下でひたすら焼いたところ、浅黒い上に紅潮する顔になった。醜さが倍増した。

あるときはティーン雑誌の「りんごほっぺを克服」記事を熟読。頬の赤みを消すには皮膚の毛細血管を鍛えたらいいと書いてあった。そういう医学的根拠のありそうな情報を待っていたのだ。冷水と温水で交互に洗う、氷をガーゼで包んで頬をマッサージする。その通りにやってみたが、どれも効果がなかった。

私の悩みは心因性だから当然である。どの本を読んでも、結局「気にしないこと」が一番の薬だという。それができないから困っているのだ。

そんな小細工に心血を注いでいるうちに小中学校時代が過ぎ、高校で再び川本と同じクラスになった。私のことは「からかう価値もなし」と判断したのか、もうむかしのように絡まれることも、視界に入る様子もなかった。

　彼の急激な変化を間近で見て、「高校デビュー」という現象が存在することを知った。身長は一九〇センチに達しようとしていた。すぐにバスケットボール部の先輩に勧誘され、素人ながら、あっという間にチームの主力になった。いつの間にか眼鏡からコンタクトレンズに変わっていた。

　川本めあてに体育館の隅で練習を見学する女子も少なくない。モテる川本を見たのは生まれて初めてだった。あいつ小学生のときも、中学生のときも、ただの嫌味なやつだったんですよ。焦った。今ちょっと人気みたいですけど、中身は変わってませんよ。川本の姿を目で追う女の子たちに、洗いざらい教えてやりたかった。

　嫌なやつだけれど、認めたくないけれども、輪の中から漏れ聞こえてくる川本の話はいつも面白かった。深夜に聞いているラジオ番組、数学の先生のものまね。その輪に入りたい。盗み聞きなんかじゃなくて、堂々と、うんうん頷いてみたかった。

　私と川本は同じ最終バスに乗り、同じ停留所で降りる。家の方向も同じだ。降りる順番によって、川本が先を歩いたり、後ろだったりする。言葉を交わすことは一切ない。私が後ろを歩くときは近付きすぎないよう、一定の距離を保った。雪の降る夜は特に感傷的な気分になり、川本の背中に向かって「わーっ」と叫びたくなる。いつも夜だといいのに。暗いところなら顔の醜さが気にならないから。

長きにわたって私を苦しめた赤面症は、ひょんなことから終わりを告げた。

卒業式が間近に迫ったある日、私は同じクラスの藤村さんという女子に「泊まりでパーティやるからおいで」と突然誘われた。特別親しい関係ではないのに、なぜ呼ばれたのかわからなかった。藤村さんは「だって、ちょっと面白いとこあるから」と言った。私は学校で誰とも極力話さないようにしていた。話しかけられたら答えるが、だいたい慌てて言葉がうまく出てこないし、男女問わずどんな相手にも頰が紅潮してしまう。苦しくて恥ずかしい思いをするくらいなら、黙っているほうが賢明だった。

藤村さんは、そんな私の野暮ったさが新鮮で面白かったらしい。

言われるまま彼女の家を訪ねた。

「もうすぐ男子くるから、その辺の化粧てきとうに使っていいよ」

藤村さんはそう言ってくれたが、私は化粧品の扱い方を知らなかった。目の前のチューブやパレットにどんな意味があるのか、手順も効果もわからない。

鏡の前で戸惑っていると、彼女が手を貸してくれた。下地クリームを塗り、ファンデーションを頰に叩いてくれた。女の子とこんなに接近するのは初めてのことで、いつものようにカーッと頰に熱がこもった。これはかなり赤くなっているに違いない。恐る恐る鏡を覗き込んでみると、薄っすらとした赤みに過ぎなかった。

なんということだ。なぜ思いつかなかったのだろう。化粧で赤面が少し隠れるのだ。笑えるくらい簡単なことだった。私はこの世に化粧品が存在する限り救われ続ける。占い師への長い手紙、毛細血管トレーニング、無駄な日焼け。長い長い道のりだった。

彼女は私の背中の重い荷物をひょいと脇に置いてくれたのだ。

その夜、同じクラスの男女八人が集まった。王様ゲームという画期的な遊びがこの世に存在することを知った。私以外の人には馴染みのゲームらしかった。私が極度に人を怖がったり、恥ずかしがったりしているあいだに、級友たちは恋人の家に泊まったり、恋人じゃない人たちとキスをしたりしていたのだ。

人間関係から逃れるように受験勉強に没頭していた私に比べて、夜遊びばかりしている彼らのほうが何倍も世の中のことを知っていて、おおらかで、大人だった。

その春、私は地方の大学になんとか合格し、川本はスカウトされた体育大学に進学した。

大学生になった私はアルバイトをして貯めたお金で皮膚科を受診した。まず、目の横の茶色い痣を消すことにした。皮膚にレーザーを当てられ、ピリピリとした鋭い痛みが走った。ジュッ、ジュジュッ、ジュ―ーッ。「うんこ染み」の断末魔だった。焦げ臭さは成仏の臭いだ。何度か通い、うんこは解体された。

続いて、耳の後ろのカブトムシ大のほくろだ。これは大手術になるだろう。一世一代の思いで手術台に上がったが、医者とスタッフが世間話をしながら行う、わずか数分の切除手術だった。

「見る？」と医者が銀色のトレイを差し出した。そこに載せられていたのは真っ黒い虫の「死骸」だった。くるんと丸まっていたせいか、ずいぶん小さく見えた。こんなものに私は苦しめられていたのだ。

私の一八年の悩みは、笑えるほど呆気ない形で解決してしまった。痣、ほくろ、赤面症。私にはそれが醜さの象徴であり、自信のなさの源で、悪のすべてだったはずなのに、ただ「なくなった」という事実があるだけだった。

これで人生が劇的に変わったわけではない。でも、少しだけ「普通」の人に近付けたことが嬉しかった。「普通」を手に入れるのはとても難しい。そんな基準があるのかさえ疑わしい。そのことを教えてくれたのは痣とほくろと赤くなりすぎる顔だった。

大学四年の春、ゼミの仲間と卒業旅行に出かけた。旅先の改札口で何気なく顔を上げた瞬間、行き交う乗客の中に頭ひとつ飛び抜けた人物がいた。目が合った。あの背丈、目つき。間違いない。川本だ。向こうも気付いている。どちらからともなく近付き、挨拶を交わした。

互いに大学の仲間を連れ、同じ電車を待っていた。車両に乗り込むまでのわずかな時間の立ち話だった。

「川本くん、就職決まった？」

「春から金沢で働くよ。そっちは？」

「小学校で働くことになった」

「そうか、よかったね」

「元気でね」

「うん、元気で」

生まれて初めて耳にする、川本のやさしい言葉だった。

顔の痣とほくろが消え、赤面症も克服していた私は、わだかまりなどなかったようにはしゃいでいた。言葉がすいすいと流れ出てきたことに驚いた。私は何も変わってないと思っていたけれど、確実に昔の自分とは違っていた。

　電車は春休みの旅行客で混雑していた。外国人観光客の集団に押されて、ようやく吊り革に手を伸ばすと、ちょうど背中合わせの位置に川本がいた。私が真後ろにいることに気付いていないようだ。連れの仲間と話をしている。

「さっきの人さ」

　不意に川本が口を開いた。

　耳を塞《ふさ》ぎたい。そのあとに良いエピソードが続くわけない。さっき交わした言葉だけをこの先も大事にしたい。これ以上、何も耳に入れたくない。

　でも間に合わなかった。

「さっきの人さ、うちの地元で一番頭よかったんだよ」

「へえ、すごいね」

「うん、すげえ人なの」

　硬直した。川本の話は明らかに誇張だった。私は一番なんかになったことはない。

身の丈に合わない気恥ずかしさと、どこか自慢げで親しみを込めて語る川本の口調に感情が込み上げ、気付かれないように背中を丸めて泣いた。

モンシロチョウを棄てた街で

いままでの自分を変えたくて、三十代のはじめに未知の職種に就いた。変わらざるを得ない環境に身を置けば、違う人間になれるような気がしたのだ。

私の人生は二十代でいったん幕を閉じている。

子供のころから憧れていた教職に就き、長く交際していた人と結婚もして、これ以上ないくらいの成就《じょうじゅ》だったはずだったのに、元来の気の弱さが原因で両方ともこんがらがった。ついに精神を病み、幻聴や幻覚まで生じるようになって、すっかり力尽きてしまった。何も成し遂げないまま退職届を出した。結婚生活のほうは、かろうじて細く静かに続いている。

引きこもり同然で三〇歳の誕生日を迎えた。昼ごろにもぞもぞと起き、暗くなるまでインターネットを貪《むさぼ》る。そんな何も生み出さない生活。一週間があっという間に過ぎてゆき、次のひと月も同じように繰り返す。そうやって確実に歳だけを重ねていた。

一心に祈りながら大学受験した一八の私や、採用通知を手に涙をこぼした二二の私は、こんな未来を一瞬でも想像しただろうか。そんなことを考えると胸が張り裂けそうになるけれど、ただ振り向いてみるだけで何もせず、ずるずると怠惰《たいだ》な生活を続けていた。

ある夏の終わり、車の助手席の足元でモンシロチョウが両の羽をぴたりと重ねて死んでいた。その存在を強く意識しつつ、かと言ってつまみ出すこともせず、常に視界の隅に置いたままハンドルを握っていた。

きょうこそどこかに棄てよう。そう思うが、何日も同乗させていると変に愛着が湧き、その辺りの灼熱《しゃくねつ》したアスファルトの上に放り投げるのは忍びなかった。もう少し涼しくなったら、それなりの場所で。ぐずぐずしているうちに初雪が降った。雪の上に放るのはあんまりだ。チョウをつまみ出すくらい一瞬なのに、いつも先延ばしにし、季節が変わっていた。時間が経てば経つほど棄て場所にこだわった。

東京よりもふた月遅れで桜が満開を迎え、棄てるなら今だと思い立った。

公園の柔らかな芝生の新芽の上に、寝かせるようにして置いた。淡い檸檬色《レモンいろ》をした羽は古本のページのように乾いていた。なんということはない。あっけなく、簡単なことだった。

モンシロチョウを棄てた春、私の足は職安へと向かっていた。

私もこの数年間ずっと死んでいるようなものだった。動き出さなければいけないとわかっているのに、決断できずにいたのだ。

全身から光を発するように「変わりたい」と一歩踏み出したとき、視界にすっと入ったのが「ライター募集」の文字だった。私は運命や縁というものを信じてしまう。このときも、弧を描いて飛んできたボールを両手で受け取ったような気持ちになった。

ライターを募集していたのは、地域の情報誌を発行する小さな編集部だった。迎えてくれたのは足元のおぼつかない高齢の男性。老人ホームで鶴を折っているほうがしっくりくる、暇を持て余すおじいさんに見えた。お茶を運んできた熟年女性はなぜか不機嫌そうだった。ほかのライターは取材に出て留守らしい。私は倦怠期《けんたいき》の老夫婦宅に招かれたような気まずさを覚えた。

想像と違うな。あまりにも違う。編集部って情報の飛び交う、もっと活気に溢れた場所じゃないのか。ここには険悪な老いた身体がふたつあるだけだ。

老人は眼鏡をかけたり外したりしながら履歴書を一読し、ようやく口を開いた。

「あんた、子供はこれから産む気？」

それ最初に聞くんだ。いや最後でも身構えるけれども。

「子供は産みません」

「どうして」

「子供ができない身体なのです」

「ほう」

ぎりぎりを攻めてくる老人に、私もぎりぎりを返した。

本当にこれが平成の世のやりとりだろうか。この部屋だけが時代の進化から置き去りにされている。

「女の人を採用してもね、結婚だ育児だって言ってすぐ辞めちまうんだよ。こっちは時間をかけてせっかく仕事を教えたのにさ。そういうの一番困るの。そう、あなた、産まないの。いいねえ。そういう人が欲しかったんだよねえ。明日からすぐ来てよ」

老人は目を細めた。

産めないことを絶賛されるのは初めてだった。

結局、質問と呼べるような質問はこれきり。その場で採用が決まった。

帰り際、最後まで自己紹介されることも名刺を渡されることもなく「おじいさん」と呼ぶしかなかったその人が編集長だと知った。

この編集部ほんとに大丈夫なのか。不安の針が極限まで振れた。

ペンと取材用のノートを購入し、翌日から張り切って出社したが、最初に教わったのはトイレ掃除の仕方だった。

「ここの男たちは全員ちんこが曲がってるからトイレを汚す。それはそれは汚す。最悪な男たちなんだよ」

きのう不機嫌だったおばさんは、さらに輪を掛けて虫の居どころが悪そうだった。ほぼ初対面の人間にそんな不満をこぼす彼女も、私には「最悪」の一味に映った。もとからこういう人なのか、それとも昭和の社風が生んだモンスターか。私もいずれおばさんと一緒に「ちんこが曲がってる」と悪態をつくようになるのだろうか。

そんなことを考えながら便器の黄ばみをブラシでこすった。汚れが何層にも重なっている。

不意に「家事はリズムだよ」という母の言葉を思い出した。

ここが（ゴシ）きょうから（ゴシ）私の職場（ゴシ）、ここが（ゴシ）きょうから（ゴシ）私の職場（ゴシ）。嚙みしめるようにブラシを一定のリズムで動かした。私とおばさん、社内でふたりきりの女が日替わりでトイレを掃除することになった。

察していたが、ここに男女平等という考えはないらしい。

次に教わったのがコーヒーの淹《い》れ方だ。ペンとノートの出番は永久にやってこない気がした。「きょうから変わる」と浮かれて家を出たときの自分はもういない。

「うちでは前日のうちにコーヒーを作っておくの」

言っている意味がまったくわからない。

呆気に取られる私を尻目に、彼女は台所の下からペットボトルを二本取り出した。中には真っ黒い液体がたっぷり入っていた。手慣れている。劇薬で亭主を殺すときの所作《しょさ》である。

黒々とした液体を鍋に注ぎ、ガスコンロの火にかけた。これが「前日に作ったコーヒーを本日のコーヒーとして飲ませる方法」らしい。ぐつぐつと煮たった鍋から、つんと焦げ臭さが漂う。狭い給湯室が毒素でいっぱいになった。

「あいつらなんかこれでいいんだ」

とうとうおばさんの本音がこぼれた。

コク、香り、酸味というコーヒー豆農園のこだわりが、コゲ、えぐみ、痺れに変わる。無慈悲な豆殺しの現場に立ち会ってしまった。これで終了かと思ったら、彼女は澄ました顔で戸棚から急須《きゅうす》を出し、自分の湯飲み茶碗に緑茶を注いだ。自分だけは淹れたてのお茶を飲むのだ。根が深い。

男社会に対する反旗なのだろう。おばさんは長年虐《しいた》げられてきたに違いない。その気持ち、少しわかるような気がします。そう寄り添いかけたとき、毒素コーヒーが私のマグカップにもなみなみと注がれた。手順を見せておいて飲ませるのかよ。私もあっち側の人間であることが確定した。

トイレ掃除、お茶汲み、ゴミ回収を経て、この日ようやく教えてもらったのが電話番だった。

編集部には住民からの取材依頼や身近なおもしろ情報の提供のほか、記事へのクレーム、誤字脱字の指摘、社員の態度が悪い、もう絶対読まない、二度と取材に応じないからな、金返せ、こんな会社潰れちまえ、訴えてやる、ドロボー、恥さらし、死ね、何回も死ね、全員死ね、といった実にさまざまな電話がかかってくるらしい。

「圧倒的に嫌な内容が多いけど気にしないでね」

気にしているから私に押し付けようとしているのが丸わかりだった。

「いい？　受け流すのよ。気にしちゃだめだからね」

彼女は念を押した。


顔の見えない相手は、ときに思いもよらない事実を告げてくる。

「はい、編集部です」

「山羊座がないんだけど」

「えっ？」

「おたくの星占いのページだよ。見てみなよ」

まさか「占いが当たらない」というクレームだろうか。近年そういった理不尽なクレームがあると聞く。不穏な空気を感じつつ、ページをめくり「今週の運勢」に目を落とすと、十二星座占いから山羊座の欄だけ跡形もなく消滅していた。まるで神隠しのようにさらわれていた。

「ずうっと山羊座だけなかったんだよ」

思いもよらぬ指摘だった。占い業者のミスで、しばらく十一星座占いになっていたらしい。翌週から何事もなかったように山羊座がひょっこり復活した。星座消滅のクレームはその一件だけだった。山羊座の人はかなり辛抱強いのだろうか。もしくは占いなんかに頼らない現実的な性格なのかもしれない。

編集部の回線は不思議な人物にも巡り合わせてくれた。

「はい、編集部です」

「……くるぞ」

「えっ？」

「アメリカが攻めてくるぞい。攻めてくるぞい。備えよ。今すぐ備えよ。準備はいいか？」

男性は高音でまくし立てた。

　どういう意味だろう。戸惑っていると、隣の熟年ライターが「すぐ切れ」という身振りをした。背中をすっと撫でられたような感覚になり、あわてて受話器を置いた。

夜になると、この人物から同じ内容の電話が頻繁にかかってくるらしい。通称「アメリカさん」。影響力ゼロの編集部に日本の危機管理の甘さを訴える殊勝な存在だ。

夜に鳴る電話の大半はクレームだった。

私はコール音が響くたびに、ぎゅっと身構えるようになった。子供のころから電話が大の苦手だった。苦行といってもいい。仕事を変えたら性格も変わるような気がしていたけれど、現実はそう甘くない。苦手なものはやはり苦手なままだった。

どうか悪い報せではありませんように。いきなり怒られませんように。話の通じる相手でありますように。思いつく限りのお祈りをしても、受話器を取った瞬間に罵声が飛ぶ。

「はい、編集部です」

「どうなってんの？　この時間になってもまだ届かないんだけど。契約切るぞ」

相手の怒りは、すでに頂点に達していた。私は配達に関して何もわからないが「知らない」で済む空気ではなかった。

「申し訳ないと思ってるんなら、いますぐ持って来いよ」

回線がブチンと切れた。

この街に引っ越してきて二年。住所を聞いてもまるでぴんとこない。しかし、行かねばなるまい。無事に辿り着けたとしても、ひどい言葉で罵られるだろう。

冊子を一部抱え、飛脚のように駆け出した。私の仕事ではないのに。配り忘れたやつ誰だ。許さない。焦りと理不尽さで喉がからからになった。

家が見つからないのではないか、という不安は杞憂に終わった。古びた一軒家の前で中年の男性が腕を組んで待ち構えていたのだ。車のライトを全身に浴びても、仁王立ちで微動だにしない。

「馬鹿野郎、どいつもこいつもいい加減な仕事ばかりしやがって」

謝罪する間もなく、手の中の冊子を力ずくで奪い、大股で去っていった。執拗に責められる覚悟をしていた私は拍子抜けした。

会社に戻ると、私を待っていたかのように電話が鳴った。仁王立ち男かもしれない。おそるおそる受話器に手を伸ばした。

「アメリカが攻めてくるぞいっ！　備えは良いかっ！」

アメリカさんであった。今夜も飛ばしている。張りつめていたものが一気に緩んだ。

「せんと〜う〜！　じゅんび〜！　来るぞ来るぞ来るぞーいっ！」

いまの私には朗報以外の何ものでもない。

三ヵ月の研修期間を終え、ひとりで取材に出るようになった。

その人からの電話は夜遅くにかかってきた。

「はい、編集部です」

「明日うちで楽しい集会があるんだけれど、取材に来ていただけるかしら」

話し方に品のある婦人だった。彼女の家でホームステイをしている留学生たちが着付けや生け花、餅つきなどをして日本文化に触れるという。

指定された場所は高齢者が多く住んでいそうな団地だった。しんとしていた。人の営みが感じられない。本当に留学生が何人も身を寄せているのだろうか。

不審に思いながら呼び鈴を押すと、オレンジ色のエプロンをした中年女性が顔を出した。怪訝な顔でこちらを見ている。

「留学生がお餅つきをすると伺ったのですが」

「はあ？　何かの間違いじゃないですか。ここはおばあちゃんのひとり住まいですよ。最近、ボケ始めちゃったんだけど」

彼女は身の回りの世話を任されているホームヘルパーだった。おばあさんは突如やってきた私に目もくれず、再放送のドラマを見ている。その目にちゃんと映っているのか、内容が耳に入っているのか定かではない。

私の耳の奥には「あなたもご一緒にどうぞ」と誘う、昨夜の艶っぽい声がまだ残っていた。とても滑らかな口調だった。遠い昔、そんな賑やかな一日が確かに存在したのだろう。広い家で暮らしていたのかもしれない。そこで繰り広げられる異国の少女らの餅つきや着物姿を想像した。

こちらの世界と向こうの世界を行ったり来たりしているおばあさん。彼女の浮遊する空間に手招きされた嬉しさと、祭りのあとの侘しさを覚えながら、静かに団地を離れた。


「来るぞ来るぞ来るぞーい」

アメリカさんは今夜も威勢が良い。絶好調だ。

いつしかアメリカさんの電話が一九時の時報がわりになっていた。普段は先輩の言いつけ通りすぐ切るようにしていたけれど、その日はひとりで残業していたこともあり、つい呼びかけてしまった。

「アメリカさん、今夜は月食ですよ。月が赤いんです」

「マジで？」

思いがけず素の反応が返ってきた。

「ちょっと窓を開けてみてください」

「ああ、本当だ」

「きょう仕事で大きな失敗をして、めちゃくちゃ怒られてしまいました」

約束の日時を勘違いし、取材相手に「もう二度と引き受けない」と宣告されたのだ。老いた編集長が直々に謝罪して事なきを得たが、社に戻ってから老人の恨み言がねちねちと続いた。その昼間の失敗を引き摺っていた。

「そんなこともあるよ。気にしないで」

あの一方通行のアメリカさんから予想もしない言葉が放たれた。

なんて温かい響きだろう。神の言葉が降りてきたのかと思った。心を打ち震わせながら家路についた。夜風が心地よかった。

翌日、一九時ちょうどに電話が鳴ったけれど、アメリカさんは通常通り「来るぞい」を連呼し、一方的にガチャンと切った。心が通じ合ったような気がしたのは幻か。月食が引き起こした一夜限りの奇跡だったのかもしれない。

師走《しわす》に入り、社内の廊下に見慣れぬ大きな紙が貼られた。読者拡張月間と書いてある。販売や事務の人たちに向けた呼びかけだろう。私には関係ない話だ。そう気に留めることなく数週間が過ぎたころ「達成していないのは君だけだよ」と編集長に咎《とが》められた。どういう意味だろう。貼り紙をよくよく読むと、新規の読者を三人以上つかまえてこい、という命令だった。その表には社員全員の名前があり、すでにたくさんの星マークが付いていた。星は獲得した人数だった。

私の名前のところだけ見事に空白だ。客の取り合いになるから誰も教えてくれなかったらしい。


ツテもコネもない私は一軒ずつ訪問し、勧誘するしかないのだろうか。忌み嫌っていた訪問販売まがいのことを自分もやる日が来るなんて夢にも思わなかった。そもそも胸を張れるほど魅力あふれる情報誌とは言えない。嘘を押し付けるようで気が進まなかった。

「生ぬるいことをしてないで読者を見つけて来い」

その日も編集長に叱られたばかりだった。

すっかり途方に暮れていた。適当に記事を書いているわけではない。ちゃんと取材をし、提出期限ぎりぎりまで考えて書いている。それなのに自分の文章を人に勧められる自信がない。本当にお金を払ってもらえる価値があるのかと常に迷いながら書いていた。

年金世帯が多いこの街で、定期購読する余裕のある家が果たしてどれだけあるのか。できる限り探してみるが、最終的に「お金は結構なので半年だけ購読してもらえませんか」とお願いするつもりだった。もちろん自腹だ。けれど、それを頼める相手すら見つけられないまま時間が過ぎていった。

肩身が狭くなっていた私に思わぬ人物が手を差し伸べてくれた。

社内で記事を必死に仕上げていると、背後から声がした。

「あなただけまだ契約ひとつも取れてないじゃないの」

振り返ると、取材で知り合ったおじいさんが立っていた。坂本さんだ。

雑用にばかり回される私は、彼の飼う亀の取材をしたのだ。漬物石のような大きな緑亀で「名前を呼ぶと膝の上で丸くなる」と言っていたのに、小一時間粘ってもそんな愉快なことは一切起こらなかった。坂本さんは「こりゃあ駄目だ」と笑い、私もつられて吹き出し、茶菓子を食べて帰ってきたのだった。

亀と猫の区別すらつかないほどボケているんじゃないか。つい私は疑ってしまったが、それ以降ボランティアや趣味の場にたびたび呼ばれ、たくましく活動するお年寄りの記事をいくつも書かせてもらった。彼は地域の高齢者のまとめ役だった。

坂本さんは廊下の貼り紙を見たのだ。

「この辺に知り合い誰もいないんじゃないの？」

彼は鋭い。

「はい、毎日嫌味を言われております」

私は苦笑いをした。

「じゃあ私が契約しましょう。あなたの書いたもの、これからも読みたいんです」

坂本さんが社交辞令を言っているようには見えなかった。

これまで「年寄りの活動なんて誰もまともに書いてくれなかったんだよ」と、わざわざ会社まで足を運び、掲載誌を何部も買ってくれたのだ。

坂本さんは私の記事に自らお金を出してくれた最初の人物だった。私にもこの街に知り合いがいたのだ。思わず目頭が熱くなった。

そこから話は嘘みたいに進んでいった。

坂本さんが知り合いのおじいさんに呼びかけ、そのおじいさんがまた知り合いに呼びかけて、ねずみ算式にみるみる契約希望者が現れたのだ。長年その街に暮らす坂本さんは会社の事情を熟知しており「勧誘は年に二回あるから、次回のために人員を残しておこう」と入れ知恵までしてくれた。なんて頼もしい味方だ。じじいの結束力を舐めてはいけない。

しかし、強力な後ろ盾を得たにもかかわらず、私は体調を崩し、三年で職場を去ることになった。

この春、私は懐かしい街に引っ越す。

坂本さんを筆頭に守護霊みたいな集団が暮らす、モンシロチョウを棄てた街だ。

この数年で私自身に大きな転機が訪れ、全国を相手にする商業誌に連載してもらえるようになった。思うように書けなくて落ち込むことが多いけれど、そんなときは「読みたいんです」と真っ直ぐに言ってくれた坂本さんの顔を思い出す。それだけではない。私のバックには猛烈に息の臭い、死にかけの集団が付いている。あれから数年経っているから何人生き残っているかわからないけれど。

書くことを始めた場所で、これから何を書いてゆくのか。あの街や自分自身の変化を肌で感じることができるのか。私は荷造りをしながら少し浮き立っている。

ハンプティ・ダンプティ　へいにすわった
ハンプティ・ダンプティ　ころがりおちた
おうさまのおうまをみんな　あつめても
おうさまのけらいをみんな　あつめても
ハンプティを　もとにはもどせない

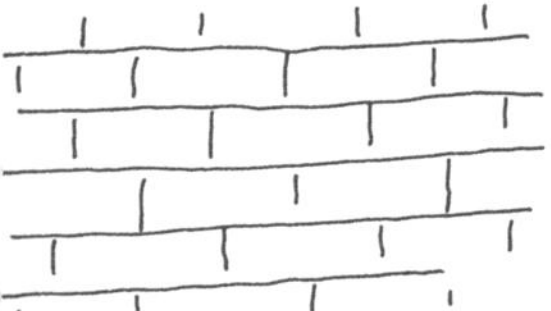

講談社文庫「マザー・グース 1」より

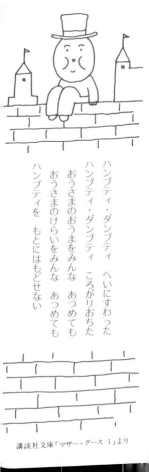

春の便り

どうやら私には猛烈な臭気を呼び寄せる力があるらしい。

二〇一五年の春、働いていた施設で大便の処理に日々追われていた。二〇一六年春の入院では昼夜を問わず大便を垂れ流す老人と相部屋だった。そして二〇一七年の春、便槽《べんそう》のにおいが充満する一軒家へ移り住むことになった。尋常ではないレベルの悪臭漂う家だ。

私には春と「便」がセットになって訪れる。春の便りだ。

ライター時代に知り合った、老いた仲間たちの暮らす「モンシロチョウを棄てた街」。その思い出の詰まった地に転勤する予定だったが、急きょ寒々とした山奥に飛ばされた。

四月一日、胸を躍らせて新天地に乗り込んだ我々夫婦は、その家の惨状にさめざめと泣いた。台所の排水溝には汚物が溜まり、換気扇は油まみれ、褪《あ》せた畳の上には虫の死骸がいくつも転がっている。すべての窓にみっしりとカビが生え、とどめに便槽がとんでもなく臭い。他人の生活の痕跡がそっくりそのまま残っていた。

この家の空気は健康に悪すぎる。慌てて換気扇の紐《ひも》を引くと、黒い塵《ちり》とともに無数の羽虫の死骸がブワアーッと舞い上がった。コントである。

これは限界集落に越してきた私たちへのドッキリだろうか。どうか住民総出で仕組んだエイプリルフールの洗礼であってくれ。心の底からそう願った。

思えばグーグルマップで検索したときから、うっすら予感はあったのだ。伸び放題の夏草、行く先々に倒木、不気味な形の沼。最寄のコンビニエンスストアまで二〇キロ。ガリガリ君を買っても家に着くころには青い液体になる。

新居を探して画面を拡大すると、だだっ広い荒野に薄汚れた家が二軒、冬の寒さに身を寄せ合うようにして並んでいた。隣は上司の家だという。こんなに土地があり余っているのに密接している。距離感が独特だ。

「いやあ、いろんな家を見てきたけど、ここまでキツいのはちょっと経験ないっすね」

引っ越し業者のお兄さんにも苦笑いされた。プロお墨付きのにおい。

子供のころ実家も汲み取り式トイレだったから、そこまで抵抗はないと思っていたけれど、この家の便槽は何か問題があるようで、鼻がもげ落ちそうな悪臭を放っていた。臭気が大黒柱となり家屋を支えているのだ。

『残穢《ざんえ》―住んではいけない部屋―』を観た一ヵ月後、奇しくも「住んではいけない部屋」に引っ越すことになるとは思いもよらなかった。ただし、ここに霊はいない。あるのは先代の積もり積もった汚れ。残汚《ざんお》である。

寝ている獣の頭を撫でるような慎重さで、木片の剝がれた台所の床を水拭きした。天井に広がる黒い染みはカビだろうか。私の長年患う肺病が悪化するかもしれない。「毒ガス用のマスク買ってやろうか」と笑いながら夫は言ったけれど、本当にふたり分必要かもしれない。

終わりの見えない掃除に心血を注いでいたら二二時になった。家に食糧はない。近所にコンビニもない。あるのは砂子のような満天の星。

臭さと疲れと空腹で無言になった私たちは二〇キロ先の「最寄」の街まで車を走ら

せ、牛丼店に入った。

「においが染み付いてる。全身からあの家のにおいがする」

上着の袖口に鼻を近付けた夫が泣きそうな声を上げた。私の髪やコートもオリジナリティーに溢れる香りを発していた。

いっそう無言になり、ひたすら牛丼を口に運んでいたら、きょうが結婚記念日だったことを思い出した。ふたりとも記念日というものをマメに覚えていられない性質だから、ぜったい忘れない日にしようと思って四月一日に婚姻届を提出したのだ。

その十数年後、片田舎の牛丼屋で全身から異臭を放つことになろうとは。これが人生なのだ。妙に悟ったような気分になり、「記念日のご馳走」と言いながら紅生姜を味わった。

「俺、あのくせえ家で飯食うの無理だから。何も作らないでほしい」

夫がぼそっと言った。悪態をついたところで、我々の帰る場所は「くせえ家」しかないのだ。いつの間にか満天の星は姿を消し、人殺しのワンシーンのような濃霧をかきわけて家路についた。気候まで不穏だ。

早朝から飼い猫が何やら騒がしい。猫の巻き起こす風が、寝ている私の頬をかすめ

た。何気なく枕元を見ると、何匹ものワラジムシが降参のポーズでひっくり返ってい
た。ひっ。爪先まで電気が走り、飛び起きた。

猫は縮み上がる私をちらと見て、そのやわらかな肉球で一匹のワラジムシを押さえ
た。ぴとん。力を込めすぎず、かといって決して逃さない絶妙な加減。しなやかな一
撃だった。我々が寝ているあいだにすっかりコツを会得したらしい。やるではない
か。頼もしいぞ、猫。

嘆いている場合ではない。できることからやっていくしかないのだ。この地に越し
てきたからには、あてがわれたこの家で暮らさねばならないのだから。

飼い猫にすっかり感化された私は掃除機を引っ張り出して片っ端から虫の死骸を吸
い取った。捕らえる猫、吸う私。捕る、吸う、捕る、吸う。その日から猫と私の二人
三脚が始まった。猫がなんの役にも立たないなんて嘘だ。

ホームセンターでカートに入る限りの消臭剤と防カビ剤を購入した。「ドでか無香
空間」という鏡餅のようなどっしりサイズも手に入れた。これは押入れに死体を何体
も隠し持つ人間の買い占め方である。

武器は揃った。これで「臭魔」を倒す。どこかわくわくしている自分に気が付い
た。

数年前から精神病を患《わずら》う夫は、たびたび無力感に襲われ、仕事を休んだり遅刻や早退を繰り返したりすることが多かった。ところが「くせえ家」に越してからというもの、規定の二時間前には出勤し、誰よりも遅く退勤するようになった。「とにかくこの家から一秒でも長く離れていたい」というのが、その理由だ。残業するうちに気の合う仲間が増え、飲みに誘われるようになり、人間関係がすこぶる円滑らしい。最近では仕事が急に楽しく感じられ、いままでの人生で一番充実しているという。

夫を変えたのは処方箋や私の言葉ではなく「くせえ家」だった。友人のいないネットゲーム狂いのインドア人間さえも自発的に外出したくなる「くせえ家」。特許を出願したほうがいいかもしれない。

一方、一日じゅう家の中で過ごす私は、奥歯が欠けてしまった。悪臭に耐えるあまり、無意識のうちに歯を食いしばっていたようだ。このペースでは夏が来る前に歯が全滅してしまう。

恐れをなした私は、夫にならって外へ出てみた。冷たい風が吹きすさぶ中、海沿いをどこまでも歩いた。グーグルマップで見た沼や防風林を抜けて、見晴らしの良い高台で膝を抱えた。灰色の海から漁船が一隻、戻ってきた。その上空をカモメの群れが追い掛ける。

沖には小さな島が浮かんでいた。ここは平和だ。異臭もない。次第に凪《なぎ》のように心が鎮《しず》まった。苦しくなったら歩く。心が空っぽになるまでどこまでも歩く。私は私なりに、この地で生き抜く方法を探すのだ。

しばらくそのような生活を続けていたら、地元の漁師のおじいさんに声を掛けられた。よそ者の行動は何かと目立つらしい。

「あの小さな島に行けるんですか」

「簡単に行けるよ。暖かくなったら船に乗せて連れてってやるよ」

私にも新たな知り合いができた。

夫と猫は見違えるように働き者となり、パソコンにばかり向かっていた私は日の光を浴びて少しだけ健康的な暮らしを送っている。

この引っ越しは、きっと悪いことばかりではない。

思えば昨春の入院中「この病室は排便臭がきついので別の部屋に移動しませんか」と看護師にさんざん勧められたのに、絶対そのほうが良いに決まっているのに、私は頑なにそこを動かなかった。あえてその状況に耐え、乗り切ってみようと思ったのだ。

この「くせえ家」を与えられたとき、私は「また試されている」と感じた。あのとき「くせえ病室」で生き抜いたのだから、今回だって何とかなるはずだ。

水の流れるトイレ、虫の這《は》わない寝床、近所にコンビニのある暮らし、悪臭の漂わない家。そんな今までの「普通」が、どんなに恵まれ、絶妙なバランスの上に成り立っていたのか思い知るために、この暮らしを続けよう。

四月半ば、ようやく雪が解け、窓下のぬかるみの中で水芭蕉が一斉に咲いた。その白帆の合間を鹿の群れが列をなして渡る。繁殖期の赤蛙はキョロロキュルルと一晩じゅう鳴いている。漁師のおじいさんによると、暖かくなったら沼から大量の羽虫が押し寄せるという。きっとそれが「夏の便り」だ。また、この家でひと騒動ありそうだ。

来年か数年後かわからないけれど、私たちは次の異動日までこの「くせえ家」で闘い、ひと回りたくましくなって出て行くつもりだ。

先生のうわさ

「世の中には見えないほうが都合の良いこともあるのです」

中学時代の美術教師、青山《あおやま》先生は穏やかな眼差しでそう答えた。

先生は目が悪いのになぜ眼鏡を掛けないのですか、とクラスの誰かが質問したのだ。わかるような気もするし、うまくはぐらかされたような気もした。青山先生の言葉はどこか哲学じみていて、目の前の私たちに向けられていながら、自分自身に言い聞かせているようにも聞こえた。

青山先生は四十代半ばの独り身。顔の造作はとても男前にできているのに、きっちり横分けにされた髪型や擦《す》り切れた背広が、先生をひどく残念な人にしていた。そうして目を細めて焦点を合わせ、遠くを見ている。

「青山先生は、おしいんだよね。ちゃんとすればモテるはずなのに」

女子生徒にからかわれると、まんざらでもなさそうに微笑むが、髪型や服装を変える様子はない。

これが青山先生の完成形なのだ。手を加えてはならない。変に格好をつけて人気者になってしまったら先生の価値が損なわれてしまう。私はこのどうしようもないダサさに、ぐっときていた。

青山先生には、ある噂があった。

「結婚を約束した女性がいたんだけど、先生の目の前で交通事故に遭《あ》って、亡くなって、それから一生独身でいるって決めたんだって」

いかにも先生らしい実直なエピソードだった。世の中には見えないほうが良いこともある、という言葉とも符合して、信憑性がますます高まった。

悲しい現実はもう見たくない。事故現場に居合わせた先生は悲しみのあまり眼鏡を捨てたのかもしれない。私たちは勝手に物語を作り上げては胸を痛め「そりゃあ眼鏡捨てるよ、捨てまくりだよ」と同情したのだった。

青山先生は作品の評価の仕方も独特だった。印象に残った風景や人物を描くという夏休みの課題を出されたときのこと。休み明けの授業で、彼は生徒の作品を一枚ずつ手に取り、私たちに見せながら解説した。

作者の名は最後まで明かさない。上手い下手ではなく、作者の精神状態や深層心理を作品から読み解いてゆく。批評というよりも診断だった。

「この絵からは迷いが感じられます」

「この人は何か大きな悩みを抱えているのかもしれません」

「気持ちがかなり安定している色使いです」

先生は目を細めながら言う。精神科医のカウンセリングや手相診断を受けているような不思議な時間だった。

みな自分の作品の番になると照れ臭そうに俯いたり、吹き出したりしながら聞き入った。

私は海の風景を描いた。実際には海に行っていない。夏休みの思い出が何もないので、私の頭の中にある海を描いたのだ。

手前に砂浜があり、波が静かに打ち寄せている、ただそれだけの絵。下描きもせず、絵の具の灰色と水色をたっぷりと水で溶き、画用紙に筆を走らせた。仕上げに白い絵の具で波しぶきを足した。私の暮らす北の海は、夏でもどんよりと暗く、泳ぐ人もいない。寂しい海なのだ。

　背後から覗き込んできた母に「なんてつまんない絵を描くんだ」と呆れられた。「だめだよ、そんな絵は」と、あまりにもしつこいので、茶色い岩肌の島をひとつ描き足した。実在しない景色だから、その辺は私の裁量でどうにでもなるのだ。

　みんなの絵はとても華やかだった。打ち上げ花火、海水浴、家族の笑顔。さまざまな色があり、表情がある。それにひきかえ私の絵は単調で薄暗い。四色しか使っていない。みんなも母と同じ反応をするのではないか、と急に怖くなった。

　先生は私の絵を掲げて言った。

「僕はこの絵が好きです。とても穏やかな気持ちで描かれています。目立たないけれど、強い意思を感じる。この岩だけ異質ですね。強い怒りが表れている。何があったのでしょう」

　母とのやり取りを思い出して笑ってしまった。こっそり胸にしまっていたものを全員の前で晒《さら》されることの恥ずかしさと妙な嬉しさ。先生は入念な下調べをして本人だけに伝わる特別なメッセージを送っていたのだろうか。それとも単に占いのように、誰にでも当てはまる類のものだったのか。はたまた特殊能力か。いずれにしても、先生だけは私の気持ちをわかってくれているという錯覚に陥《おちい》った。

青山先生は私の入部していた女子バレーボール部の顧問でもあった。練習にはワイシャツの上にジャージを羽織るという教師特有の着こなしでやってきた。その百点満点のダサさはもちろんのこと、腹を突き出し手足をばたつかせる、やたら打点の低いスパイクが抜群に素晴らしかった。

先生の運動神経は死んでいた。ステップが二、三歩多い。美を語る教師の姿はそこにない。ネット際の彼は、鉄砲の音にあわてふためく狸だった。抱きかかえて「里山におかえり」と放してあげたくなる。

あるとき部員が先生の前で本人のものまねを披露した。おどおどしたフォームがあまりにも似ていたので、いつになく大笑いをしたら、彼は私の顔をまじまじと見つめ「あなたも声を出して笑うことがあるんですね。安心しました」と言った。私は笑っただけで褒められるような人間だった。

当時の私は保健室によく通っていた。小学校高学年のころから登校時間になると腹を下すようになり、ストレスによる過敏性大腸炎と診断された。激痛のピークは午前九時前後に訪れる。どうしても我慢できないときは保健室のベッドで寝かせてもらったり、トイレに行かせてもらったりする。でも、たいてい申し出る勇気がなく、ががた震えながらチャイムが鳴るまで耐えた。一時間目を乗り切ると、痛みは嘘のように消える。勉強が嫌いなわけでも、明らかないじめを受けていたわけでもない。人とうまく話せないこと、考えすぎて身動きが取れなくなってしまうこと、そんな漠然とした不安を抱えていた。

「真面目すぎるあなたのことだから頑張りすぎて体を壊さないように気をつけて下さい」

青山先生からの年賀状には三年連続でまったく同じ言葉が添えられていた。ただのうっかりか、意図的だったのかはわからないけれど、言われ続けた甲斐があり、勉強や仕事で行き詰まるたび、その言葉を思い出した。そして体を壊し続けた。先生は予言者でもあったのだ。

あるとき青山先生から将来について聞かれた。私は勇気を出して「小学校の教師になりたい」と打ち明けた。人付き合いが下手で友達もいない、おまけに人前に出るのも苦手。そんな人間に教師は無理だよ、と鼻で笑われるような気がして誰にも言えずにいたのだ。

「大丈夫ですよ。明るければいいというわけじゃない。僕だってなれたんですから」

その言葉は妙に説得力があった。何より、否定されなかったことに震えた。静かだけれども温かく、人を強く惹《ひ》き付ける。いちばん多感な時期にそういう大人が身近にいたことは奇跡だったと今でも思っている。


中学卒業を間近に控えたある日、ひょんなことから青山先生の「あの噂」の真偽が明らかになった。

先生が短大を卒業したばかりの新任教師と電撃結婚したのだ。職場結婚である。私たちと数歳しか離れていない、二〇歳そこそこのギャル。とりたてて性格が良いわけでも、綺麗なわけでもない、ミニスカートで化粧のやたら濃いギャル。

先生は恋人と死別なんかしておらず、独身を誓っていたわけでもない。噂はまったくのでたらめだった。そして、淑女よりもギャルが好き。そんな青山先生史上最大の意外性に頭をぶん殴られ、くらくらした。

「真面目すぎるあなたのことだから」という先生の言葉は、社会に出てからも折に触れて思い出した。学級崩壊に直面して精神を患ったとき、休日返上で働いて持病を悪化させたとき、同僚の頼みを断り切れず代理で働いて身体を壊したとき。先生の言葉が胸の深いところまで染み込んできた。

実は私にも教員時代「ある噂」があったらしい。

十数年ぶりに再会した教え子が、もう時効だから、と明かしてくれた。

「最初の参観日のこと覚えてますか。実はあのときクラス全員で打ち合わせしてたんですよ」

教師になって初めて迎えた授業参観。普段なら隣の席同士でふざけ合い、じっと座っていられない子たちが、その日は、ぴんと背筋を正し、盛んに手を挙げた。なんだこれは。驚いた。親が見に来るとこんなに変わるんだなあ。よほど嬉しいんだなあ。そんな豹変ぶりが可愛らしくて「やっぱり子供ですね」と同僚と笑い合ったのだ。

しかし、あのときクラスの子たちは、ひとつの目的のために動いていた。「この授業参観は新米先生の試験だから、失敗するとクビになるらしい」という噂が流れ、私を辞めさせないように全員が「良い子」を演じてくれていたというのだ。

私は当時「教え方が下手くそだ」と教頭にたびたび厳しく指導されていた。授業中、教頭が教室の後ろで腕を組んで監視するというのが常だったので、噂を信じてしまうのも無理なかった。子供たちは翌日いつも通りに出勤した私を見て「成功した」と胸を撫で下ろしたという。

私は子供たちの「見えない気遣い」に助けられていたとも知らず、教師として最初のハードルを難なく飛び越えられたと悦に入っていたのだ。

「世の中には見えないほうが都合の良いこともあるのです」

二十数年の時を越えて、青山先生の言葉が深く染みた。

巻き込まれの系譜

「人込みに石を投げたら百発百中あんただけに当たる」と夫に言われた。

長いあいだ間近で見てきた人が言うのだから、そうなのかもしれない。私には悪事を引き寄せる運があるらしい。

旅に出ると、高い確率で「記録的な寒波」や「今年いちばんの暑さ」、「数年ぶりの大きな揺れ」などに見舞われる。「きょうはあの店でごはんを食べよう」と決めて出かけると、臨時休業の札が下がっている。きちんと定休日を調べて足を運んだのに、改装中だったり忌中札が貼られていたりする。

はるばる山を越えて向かった天然酵母のパン屋には「春までお休みします」と冬眠前の熊がしたためたような看板が立て掛けてあった。

先日も、その運を発揮した。予約していた美容院に到着すると、店員がサッと整列し、私に深々と頭を下げた。嫌な予感がした。

「急にボイラーが故障してしまい、いま水しか出ないんです。冷たい水でしかシャンプーできないんですけど大丈夫ですか？」

初めてのパターンだった。入店できたからといって受け入れてもらえるとは限らないのだ。

小雨で身体が冷え切っていた私は「冷たい水でシャンプー」が大丈夫とは思えず、日を改めて出直すことにした。ふと奥を見るとおばさんがふたり、鏡の前に座っている。あの人たちは「水シャンプー大丈夫派」に違いない。

その出来事を夫に話すと、意外なことを言われた。

「どうして行く先々でおかしな出来事ばかり起こるか考えたことある？　あんたの〝気〟が影響を及ぼしているんだよ」

「店が休みなのも、ボイラーが壊れたのも？」

「信号がぜんぶ赤になるのもそうだ。この家をどれだけ掃除しても一向に悪臭が消えないのも、元をたどればそれが原因だ」

春から住み始めた一軒家がとんでもない異臭を放っている。この土地と建物の臭いなのだが、こういう変な家を引き当てるのも私の〝気〟なのだと、風水にハマった過去のある夫は断言した。

ボイラーや家の臭いまでもコントロールしてしまう私の〝気〟。すさまじいパワーだ。この負の力、何かに利用できないものか。

私は子供のころから大小さまざまなトラブルに巻き込まれてきた。中でも機械トラブルによく遭遇する。自分の操作ミスならば大いに反省するのだが、そうではない場合も多い。まさに投げた石が命中するように、私の番になるとなぜか機械がおかしな動きをする。

小学生のころ、夏休みに家族で出かけた科学館でロボットと握手できるイベントが行われていた。

ロボットといっても現代のようにしなやかな動きをするわけではなく、四角い箱を重ねた胴体から腕がにゅっと伸びているだけの原始的なものだった。

私と妹もその握手会の列に並んだ。ロボットの手に触れると、ぎゅっと握り返してくれるらしい。付き合いたての恋人同士のような慎《つつし》み深さである。私はその控えめなロボットに好感を持った。無機質な箱にも感情が存在するように思えた。

私の番になった。コの字に固まった彼の手に右手を滑り込ませ、その冷たい手のひらに触れた。一秒、二秒。反応がない。三秒、四秒。どうしたのだろう。触れ方が弱いのか。もう一度触れてみるが、やはり動かない。みなの視線が集まり、心臓がばくばくする。

　さっきまであんなにスムーズに子供たちの手を握り返していたロボットが私の手を拒否したまま、完全に動きを止めてしまった。

　会場がざわついた。係員が首を傾《かし》げながら点検する。ロボットの目に埋め込まれた赤いランプだけが光っている。

「うーん、動かないな。君、何もしてないよね？」

　私は何度も大きく頷いた。本当に何もしていない。

　いつの間にか列は消滅し、硬直した彼の胴体を撫で回したり、彼と腕を組んで写真を撮ったりするイベントに急遽《きゅうきょ》変更された。みな口々に文句を言っている。

「お姉ちゃんが変なビームを出したから、ロボットが死んじゃったんだよ」

　握手できなかった幼い妹も口を尖らせてそう言った。

　やっぱりあのロボットには感情があったのではないか。もう疲れてしまって「ここで終わりにしたい」と思ったのかもしれない。私はロボットと短く交信し、終わりにしてあげたのだ。小学生の私はそんな都合の良いストーリーにすり替えていた。

機械の惨事といえば「ドリンクバー南極事件」がある。夫がそう呼んでいる。

ファミリーレストランで製氷機の氷が止まらなくなったのだ。

私はただ普通に機械のボタンを押し、グラスに細かい氷を入れたいだけだった。ところがボタンから指を離しても狂ったように氷がじゃんじゃん出てきた。

いや、グラスから溢れちゃうでしょ、いくら何でも止まるよね、限度ってものがあるよね。みるみるうちにグラスが氷で埋まった。でも、私はまだ楽観していた。氷の止まらないドリンクバーなんて見たことがない。すぐ止まるでしょう、誰もこんなに氷欲しがらないよね。必死に自分の胸に言い聞かせたが、製氷機は景気良く吐き出し続け、機械の下にこんもりと氷の山を作った。

そして、ようやく察した。いつものやつだ。私の番になると機械が不調になる、いつもの現象だ。

目の前にできた氷の山が崩壊し、粒が雪崩《なだれ》のように床一面に滑り落ちた。動揺した私はとっさに左右の手のひらを広げ、氷を受け止めた。両手いっぱいの氷。何をやっているのだろう。端から見れば悪ふざけをしている大人にしか見えない。

「こうなったら最後の手段だ」と私は機械の氷の出口を手で塞いでみた。ビーンビーンビーンブファー。穴を塞がれた製氷機は怒りを爆発させるように激しく氷を撒《ま》き散らした。状況は明らかに悪化した。もう私の手には負えない。

　ここでようやく声を上げた。

「あのう、誰か、氷が止まりません」

　ガラガラの店内に、阿呆のような叫びと製氷機の唸り声が響いた。

　夫と店員が飛んできて、撒き散らした氷の中でおろおろする中年を見て啞然とした。

　店員は迷わず主電源を切った。呆気ないくらいに、ぴたりと停止した。当たり前のことだ。なぜ電源が目に入らなかったのだろう。

　氷の大放出は機械の劣化による誤作動だったらしい。私のミスではないことがわかって心底ほっとした。

「どこでも事件を起こすんじゃないよ。なんで大惨事になるまで人を呼ばないの」

　夫は呆れ果てていた。

　なぜハンドパワーで氷を止められると思ったのだろう。私の手の骨は持病で曲がっているというのに。人一倍パワーに欠けるはずなのに。

　私はいつもひとりで何とかしようとして事態を悪化させてしまうのだ。

「一度お祓《はら》いをしてもらったほうがいい。絶対に悪いものが憑《つ》いてる。自分が巻き込まれている側だと思っているかもしれないけれど、それは間違い。あんたの悪い〝気〟がまわりを巻き込んでいるんだよ」

夫は真顔でスピリチュアルな持論を展開した。

彼の家族は占い師と親交があり、自分の身を守るための数珠《じゅず》をそれぞれ持っていた。高校時代に心を病んだ彼はその占い師の助言どおり改名し、難を乗り切ったという。〝気〟にまつわる話もそのころから聞かされていたのだろう。

巻き込まれたのではない、私が巻き込んでいる。必要以上に事を大きくしてきたのは確かに私自身だった。

その考え方は興味深かった。立場を逆転させると、見える世界がまるで違う。足元が大きくぐらついた。

自分ひとりが痛い目に遭うのならいいが、たびたび周囲の人たちを巻き込んで迷惑を掛けてきた。

その最たる出来事が中学時代に起きた。「悪運」と笑って済ますには物騒な事件だった。

その朝、私は寝坊をし、慌てて登校した。

私の生まれ育った集落は畑と牧草地に囲まれている。通学路には広大な牧場があり、馬の親子が牧草の新芽を食《は》んでいる。馬はいいよな、気楽で。登校時に神経性の激しい腹痛に見舞われる私は、そののどかな光景を見るにつけ羨《うらや》んでいたが、彼らが食肉用だと知ってからは「お互いがんばろうな」と複雑な思いで挨拶するようになった。

普段なら学校に繋がる一本道は生徒が連なっているけれど、その日はもう姿が見当たらなかった。かわりに見慣れない若い男が私の少し前を歩いていた。その男の手に、銃のような黒くて細長いものがちらりと見えた。まだ私は寝ぼけているのだろうか。そんなものを持った人間がこんな田舎をうろつくわけがない。必死に否定してみたけれど鼓動は激しくなるばかりだった。

学校まで先は長い。ここを過ぎるとまったく民家のない砂利道だ。助けを求めるなら今しかない。犬に餌を与えるおばさんと花壇の手入れをするおじいさんが視界に入った。

この男の人、何か持っています。助けてください。

そう声を上げようか、私は迷っていた。下手に騒いで刺激しないほうがいいのかもしれない。撃たれたらおしまいだ。私は黙って彼らの横を通り過ぎた。もうすぐ道が二手に分かれる。まっすぐ進めば国道につながり、右折すれば中学校へ続く砂利道だ。

私はその分かれ道のほかに、けもの道をいくつか知っていた。そこを通れば男と離れることができる。まっすぐ歩を進める男を視界の端に確認し、私はスッと小道に逸れた。

いまだ。走れ。男は追ってこない。距離を稼いで、とにかく離れよう。

生い茂った草に足を取られ、何度も転びそうになりながら無我夢中で走った。制服のスカートが朝露で湿ってゆく。けれど、そんなことにかまわず息を切らして走った。

通学路に合流する地点が見えた。これでもう大丈夫だ。そう安堵し、ゴールテープを切るようにして背の高い草を払いのけ、砂利道に踏み出た瞬間、全身が凍りついた。

ちょうど目の前にあの男がいたのだ。男は物音に驚いて、私に細長い銃の先を向けた。なぜわざわざ自分から出て行ってしまったのか。逃げ切るどころか、完全に怪しい人物だと思われてしまった。これは、おもちゃの銃だろうか。それとも本物なのか。

男は表情を変えずに言った。

「中学校はこっちか？」

「はい、そうです」

「案内しろ」

「はい」

感情のない平坦な声だった。どうしよう。これ人質じゃん。

背中に銃の威圧を感じながら、足をもたつかせて歩いた。変な動きをしたら撃たれるかもしれない。私がこんな目に遭っているというのに、毎朝顔を合わせる馬の親子は草をむさぼるのに夢中だった。

無言のまま歩いた。恐ろしくて振り返ることなどできない。

中学校の校舎が見えたときには、ほっとして、へなへなと力が抜けた。

二階の教室の窓から身を乗り出していた男子が、いち早く異変に気付いた。

「外に変な男がいるぞ」

その声に反応し、窓から次々と生徒が顔を覗かせた。

「なんか持ってるぞ」

「エアガンじゃねえの」

「おーい、撃ってみろ」

「撃て撃て」

「おもしれえ、早く撃て」

違う。そういうことじゃない。

私は再び全身から汗が噴き出した。助けてくれると思いきや、全員でエアガン男を挑発している。私の通う中学校は喧嘩に飢えているヤンキーばかりなのだ。一瞬でも期待した私が愚かだった。

ひとりの男子が窓辺に立ち、尻を振りながら煽《あお》っていた。完全にエアガン祭りと化している。せっかくここまで無事に来られたのに何てことをしやがる。最初に撃たれるの私だぞ。震えが止まらない。

まさか子供相手に撃たないですよね。撃たないでくださいね。

祈るようにそっと振り返ると、男は校舎に向けてエアガンを構えていた。そして狙いを定めると、二階の壁にバチバチ連射した。不良たちはさらに盛り上がり、私はその隙に職員玄関に逃げ込んだ。騒ぎを聞きつけた教員がわらわらと出てきて男を取り押さえ、警察に通報した。

男は薬物中毒だったらしく「馬を撃ちに来たけど、ちょうど中学生が草の中から飛び出してきたから中学校を撃つことにした」と話したそうだ。

中学校を撃つことにした。斬新なフレーズだった。言葉のとおり、彼が撃ったのは人間ではなく、中学校の壁だった。

私は「恐ろしい思いをした人」と、級友や教員に同情されたけれど、元を辿れば自分の的外れな行動が原因だ。思い込みの激しさや異変を感じても黙りがちな性格が事態を複雑にしてしまったのだ。

ただ、ひとつだけ良かったこともある。

私が飛び出したことで馬の親子が撃たれずに済んだのだ。

そんな巻き込みが、まだある。エアガン男の一件で懲りたはずなのに、私は教員になっても情けないミスで学校全体を巻き込んでしまった。

地域の教育機関から不審者出没のファックスが届いたときだった。

「大変です！　駅の近くに鉄パイプを持った男が現れて、子供を追い回したそうです！」

最初にファックスを目にした私は、その場にいた職員に伝えた。

その日は保護者に迎えを頼んだり、同じ方向の子供同士でまとまったりして下校させた。

「鉄パイプだなんて物騒ですね。暴走族が振り回すやつですよね」

私は同僚に訊《き》いた。

「そうだよ、安岡力也とか菅原文太が持ってるやつ」

我々の鉄パイプのイメージは八十年代で止まっていた。

あんなもので追い回されたら心にも傷が残るだろう。

丸腰の私たちは「鉄パイプに対抗するには何がいいんだろう」と話し合った。不審者が侵入したときのために、いまやほとんどの学校で刺叉《さすまた》が常備されている。私たちの学校にも二本あった。

「練習しておいたほうがいいんじゃないか」と誰かが言い、体格のいい男性教師を不審者に見立て、ひとりずつ「ヤー」とU字の部分で胸元を突いて壁際に追い込んだ。

構え方も、これで確保できるという強気の姿勢も、竹槍《たけやり》訓練を想起させた。

そんな我々の意欲とは裏腹に、鉄パイプ男の情報はそれきり流れてこなかった。

数日後、私が職員室に戻ると同僚たちが薄笑いを浮かべて一斉にこちらを振り返った。

「この前の鉄パイプ事件のことなんだけど、あのファックスを読み上げたのあなただよね」

「ええ、そうですが」

どっと笑いが起きた。何のことだかさっぱりわからない。

「うちだけ不審者の情報がちょっと違ったんだよ。鉄パイプじゃなくて〝バイブを持った男〟って書いてあったらしい」

あまりの早合点に、青ざめたのち、状況を察して赤面した。公的な連絡にそんな単語が出てくるなんて想像していなかった。それ以外に書きようがなかったのだろう。「性具を動かして笑いながら近付いてくる変態おじさん」をうちだけ「安岡力也みたいな破壊魔」と伝えてしまったのだ。あの放課後の鉄パイプ対策は何だったのか。

数年前には入院していた病院の人たちを巻き込んでしまった。巻き
透析治療中にアナフィラキシーショックの兆候があったのに、やせ我慢をして担当のスタッフに異常を伝えなかったのだ。

薬物が身体に合わなかったらしい。治療開始直後から全身に痒《かゆ》みが走ったのだが、いちばん痒くてたまらない場所が陰部であったため言い出せなかった。両腕に点滴の針が入っていて自力で掻けない。陰部が燃えるように痛痒い。そこだけカッカと炎が高く上がっていた。こんな罰があるだろうか。

担当の若い男性スタッフに「どうしました？」と訊かれたが「股間を掻き毟りたいんです。かわりに掻いてもらえませんか」とは言えなかった。とち狂ったおばさんだと思われる。

それから数分も経たないうちに激しい嘔吐と呼吸困難を引き起こし、失神してしまった。目が覚めたときには紙おむつを穿《は》かされていた。漏らしたのかもしれない。一瞬の恥らいが大惨事を起こし、親身になって私の世話をしてくれていた男性スタッフが担当から外されてしまった。

そのときも夫は悟りきった口調で言った。

「俺は驚いていない。すべて想定内だ。いつも言っているだろう。あんたに関わると悪いことが必ず起きる。いまに始まったことではない」

励ましているのか、けなしているのかわからない。

酸素マスクと紙おむつを着用する私を見下ろして「思ったとおりに転げ落ちていく

なあ」と満足そうに笑った。

遡《さかのぼ》ってゆくと、どうやら私は父方の祖母に似ているらしい。

祖母もまた、さまざまな災難に巻き込まれる人だった。彼女は右手の指が四本欠けていた。十代のころ、勤務先の工場の機械に挟《はさ》まれて切断してしまったのだ。関節が不自然な短さで途切れていた。真の意味で「巻き込まれた人」だった。

幼い私は、石のように固く短い祖母の指を撫でながら尋ねた。

「おばあちゃんの指は、いつになったら生えてくるの？」

「失くなったものをあれこれ考えても仕方ないよ。残っている指で対抗するしかない」

無情すぎる私の疑問に、祖母は笑って答えた。

いまなら、その強さがどれほどのものか身に染みてわかる。

祖母は裁縫や編み物がとても上手だった。手のひらと、コブのように飛び出ている指の残骸に包丁を引っ掛けて、タコさんウインナーも作ってくれたし、煮しめに入れるニンジンを立体的な花弁に仕上げることもできた。グーの形で鉛筆を握り、器用に文字を書いた。あらゆることを人並み以上にこなしていた。

戦争で家を失い、新天地でようやく建てた家も火の不始末により焼失。詐欺師にお金を騙《だま》し取られ、訪問販売で高額なマットレスを買わされ、それでもなお懲りずに知人の連帯保証人になって老後の貯えを失った。晩年は認知症を患《わずら》い、自分が何者であるかすっかり忘れていたようだけれど、その欠けた指を私が撫でると、にこにこと笑った。そのときだけは記憶がよみがえっていたんじゃないか。勝手だけど、私はそう信じたかった。

生涯巻き込まれていた人だった。だが、暗い顔を見せることはなかった。「私は幸せ者だ」と口癖のように言っていた。

商業誌の編集者と都内で初めて顔を合わせたとき、偶然にも相手の第一声が「何だか巻き込んじゃってすみませんね」だった。無我夢中でネット上や同人誌に綴っているうちに、いつの間にか本格的に文章を書く世界へと巻き込んでもらえたのだ。

私はこれからも奇妙な事件に巻き込み、巻き込まれるだろう。だけど、それは悪いことばかりではない。祖母の血を濃く受け継ぐ者として「巻き込まれたけれど幸せでした」と胸を張れるようになりたい。

穂先メンマの墓の下で

子供のころに住んでいた一戸建てはアル中の叔父が設計した。アル中ゆえの判断力の鈍さか、あるいは被害妄想がそうさせたのか、家の中には奇妙な仕掛けがいくつもあった。

曲者から身を隠せる三角形の小部屋。敵に襲われないためなのか、広い空間に便器がぽつんとある奇妙なトイレ。増築に増築を重ねた忍者屋敷のような一階。床板が薄く、いまにも抜け落ちそうな二階。

中でも異様なのは階段だ。思わず足がすくむような一直線の急勾配で、そこに大統領を出迎えるようなまばゆいレッドカーペットが敷かれていた。

アル中のセンス、まったくわからない。そんな奇妙な家で育った。

私には妹がふたりいる。

いまでこそ同世代の友人のように服を交換したり、旅に出たりする仲だが、子供のころはかなり険悪だった。

人を見れば顔を背けて逃げ出す内向的な私とは違い、妹たちは誰とでも仲良くなれる明るい性格だった。そして、姉の私から見ても可愛らしい顔立ちをしていた。「お姉ちゃんだけ似てないね」と比較されることも多かった。百歩譲って、それぞれに良さがあるという意味にも取れるが、当時の私は内面と外見の醜さを指摘されているような気持ちになった。

私は小四のとき、三つ年下の妹カナ子をレッドカーペットの階段から蹴り落とした。階段のそばで段ボール箱に入って遊ぶカナ子を見ているうちに、「ここから落ちるところを見てみたい」という単純な好奇心と、知らず知らずのうちに募らせていた嫉妬、その両方が湧いてきた。

箱に入った妹に「いまからジェットコースターに乗せてあげる」と言い、「さん、にい、いち、ゼロ」のカウントダウンで箱をぐいと蹴り落とした。かかとにカナ子の重みを感じた。箱は、こくんと前方に傾いたのち、瞬《また》く間にごろんと弾みをつけて一回転し、カナ子を振り落とした。小さな身体はぐるんと前転し、先に箱が、続いてカナ子の身体が、突き当たりの壁にドスンと大きな音を立ててぶつかった。

とんでもないことをしてしまった。ソリや滑り台のようにはいかないのだ。私は頭から冷水を浴びせられたように硬直した。

「大丈夫？」

頭を押さえてうずくまるカナ子に、おそるおそる声を掛けた。

「お母さんに全部言ってやる」

カナ子はキッとこちらを睨みつけると、涙がこぼれていないのに突然スイッチが入ったかのようにわんわんと声を張り上げて、母の下へ向かった。

いま意外と大丈夫だったでしょ。普通に喋ったじゃない。

当然「こんなひどいことをする子だとは思わなかった。やり方が陰湿だ」と横殴りの雨のような激しいビンタを食らった。

手を上げる母の背後から、ちらりと顔を覗かせたカナ子の口が「ざまあみろ」と動くのが見えた。心配して損した。これくらいで泣いてたまるか。いっこうに反省の色が見えない私に、母のビンタがさらに炸裂《さくれつ》した。

もうひとりの妹、末っ子のユカ子にもひどいことをしている。

集落ではたびたび熊が出没し、畑の作物を荒らしていた。学校は集団での登下校が日常で、幼いユカ子が友達の家や習い事に通うときは、私かカナ子が送り迎えをするよう母に頼まれていた。

あるとき、私が習字教室まで迎えに行くと、ユカ子が玄関に座り込み、なかなか一緒に帰ろうとしなかった。

陽が沈みかけていた。

「暗くなるから早くして」

「お姉ちゃんはダサいからヤダ。今度からカナちゃんに迎えに来てほしい」

言われ放題だった。

「熊に食われろ」

私はユカ子を置いて全速力で走り出した。妹なんて面倒だ。人間ぜんぶ面倒だ。みんな熊に食われればいい。

背後からユカ子の泣き声が聞こえたが、かまわず走り続けた。

ふたりをほとんど可愛がらないまま高校を卒業し、実家を離れた。怒鳴り散らす母、何かと気に障る妹、家畜と熊とヤンキーが幅を利かせる集落。そんな煩《わずら》わしいものだらけの故郷を出て、地方都市でひとり暮らしを始めた。

家を出て気が付いた。自分はとても小さな枠の中で生きていたこと。家族や顔見知りの評価がすべてで、そこから外れてしまう私は救いようのない人間だと思い込んでいたこと。誰かと比べて落ち込んだり、いい気になったりすることに意味などないこと。この世には卑屈で陰気なままの私を好きになってくれる人もいるということ。

何にも縛られずに生きていい。無理やり明るく振舞う必要なんてない。

外の世界は想像した以上に居心地が良く、大学時代はほとんど故郷に帰らなかった。社会人となり、久しぶりに実家へ戻ったとき、カナ子はすでに資格を取って働いており、ユカ子は高校生になっていた。

数年のうちに、ふたりの妹はすっかり大人になっていた。人並みとまで言えないが、私も少しは社交術を身に付けていた。お互い罵り合うこともないし、おかしな嫉妬に駆られることもない。家族と距離を置いたことが良かったのかもしれない。

険悪だった子供時代が嘘のように、時間を見つけては共に行動するようになった。同じ目線で話し、くだらない番組を見て笑い転げる。とても新鮮な感覚だった。お互いを粗末に扱うことなく、手を貸し合っている。

女友達とはこういうものなのだろうか。気兼ねなく誘い合い、美味しいものを食べたり、泊まりで遊びに出掛けたりする。そんな友達ができればいいなと思いつつも、どこか億劫《おっくう》で、学校や職場の人との関わりを避けてきた。

こんな身近にその相手がいたのだ。私は都合よく過去を葬り、年の離れた友人を得た気分になった。


昨年のお盆は三人で墓参りをした。

姉妹で車に乗って出かけるのは何年ぶりだろう。妹ふたりにもそれぞれ家庭があり、子供もいる。その忙しさから、最近では三人揃って出かける機会もなくなっていた。

みな独身のころのように身綺麗ではない。虫除けの大きな麦藁帽を被り、手には供花と線香。行き先は墓地なのに、気分は最高に盛り上がっていた。

我が家の墓は三年前に新調したばかり。精神状態が不安定だったのか、父はピンク色の墓石を選んだ。横長のピンクである。通常○○家之墓と書かれるポジションに大きく「やすらぎ」と彫ってある。説明する際、つい「やわらぎ」と言ってしまい、

「それは桃屋の穂先メンマだ」と訂正されること数知れず。どことなく字体までメンマのラベルに似ている。もしかしてピンクの墓石は桃屋を意識したのだろうか。地味な集落の、地味な墓地に、ひときわ浮いている穂先メンマを偏愛する墓。そこに祖父母と、生後まもなく病死した私たちの弟が安らかに眠っている。

庭に咲く赤い大輪のダリアを墓前に供えた。祖母が好きだった花だ。

私は前々から考えていたことを口にした。

「お願いがあるんだけど。私が死んだらこのお墓に入れてほしい」

「姉さん、もう死ぬこと考えてんだ。さすが」

カナ子は妙に感心していた。

「老後のことなんて考えたこともないよ」

三十代前半のユカ子も言う。

「嫁ぎ先のわけわかんない墓じゃなくて、ここにみんなで入れたらいいなあ」

声に出してみると、とても素晴らしい考えに思えた。父も母も夫も妹も、みんなで穂先メンマの墓の下に入るのだ。祖父母や顔も覚えていない弟と一緒に。

「お父さんとお母さんが死んだら、あの家どうする？」

話題は墓から家へと移った。

ふたりはすでに自分の家を持っている。借家暮らしの私は「じゃあ、住もうかな」と言ってみた。これもまた口に出してみると素晴らしい考えに思えた。

家と広い庭と墓を守って穏やかに暮らす。そこに妹やその家族が集う。かつてあんなに忌み嫌っていた妹、一刻も早く飛び出したかった家、集落。そんな故郷に戻り、のんびり暮らす老いた私と夫を想像してみた。

悪くない。全然悪くない。

「寝たきりの姉さんを介護して、畑耕して、春にはイチゴ摘《つ》んでさ」

「夏も姉さんの介護をしつつ、ハウスの野菜を収穫して」

「冬も姉さんが寝たきりだから交代で雪かきしないと」

妹たちは好き勝手に言っている。私は一年を通して寝たきりという設定らしい。

寝床から眺める庭はどんな感じだろう。

「姉さんを火葬したら骨と一緒に手術のときのネジが三本出てくるんでしょ？　そんなの絶対笑う。耐えらんない」

カナ子が憎らしい顔で言った。

「きっと奪い合いになるよ。先着三名様」

ユカ子も嬉しそうだ。

私が庭の未来に思いを馳せているあいだ、ふたりは私が死ぬ話で盛り上がっていた。

お宝を掘り起こすように、我先にと灰をかき分ける夫とカナ子とユカ子、そしてその子供たち。不謹慎さを愉しむ姿がありありと目に浮かぶ。

これならいつでも死ねる。

そう安心しかけたときカナ子がぽつりと漏らした。

「でも私たち、むかし姉さんに殺されかけたこと忘れてないからね」

私の生死はふたりの手中にある。

偽者

七つ歳の離れた妹ユカ子は昔から騙されやすかった。

高三の受験シーズンに「何でも願いが叶う魔法の石」を二万円で購入したのをきっかけに開運グッズにハマり、どこで知り合ったのか「親切な占いのおばさん」から七色のペンダントや仏様のタペストリーを買わされていた。

私が実家を離れているうちに、ユカ子はスピリチュアルまっしぐらになっていた。「魔法の石」を胸ポケットに忍ばせて受験し、ことごとく志望校に落ちているにもかかわらず。

「あの子が変なものに手を出さないように監視しなきゃだめだ」

母と私はそう言い合っていたが、ユカ子がひとり暮らしを始めてからは見張りも手薄になり、気付いたときには高額な印鑑を買っていた。我が妹は王道を行っている。

家族の猛反対にあい精神世界から足を洗ったあとは、怪しいエステの回数券や「一回でつるつる」と謳《うた》うインチキ永久脱毛器などに手を出していた。これも王道だ。財布を取り上げ、部屋に監視カメラを設置するしかないところまで来ていた。

あるとき、母から電話があった。

「ユカ子が彼氏を連れて帰って来るから同席してほしい」と言う。

魔法の石に小遣いをつぎ込んでいた妹も二十代半ば。恋人同伴で帰省する年頃を迎えていたのだ。もう水晶やエステに惑わされそうになっても、そばで止めてくれる人がいる。安堵した。

両親と私でそわそわしながらふたりの到着を待っていると、のどかな集落に轟音が響いた。驚いて外へ出ると、体にフィットしたレーシングスーツに身を包んだユカ子が、大きなバイクから降りてきた。もう一台に乗っているのが彼氏らしい。

謎の占い師、印鑑、偽の脱毛器に続いて大型バイク。

嫌な予感しかしない。ユカ子が浪費しているときは、たいてい悪いことが起きているのだ。安堵どころじゃない。

これまでユカ子の口から「バイク」や「ツーリング」といった単語を一度たりとも聞いた覚えがない。占いとアニメ好きのインドア派が、いきなり一〇階級飛び越えてレーシングスーツである。完全にいつもの怪しいコースじゃないか。

「あの子、絶対騙されてるよ」

私は母に耳打ちしたが、母は若い男に、ぽうっと見惚れていた。

「藤木直人に似てるねえ、色男だねえ、そっくりだねえ」

だめだ、母も完全にやられている。

その後も「色男」という単語をさかんに繰り返した。

ユカ子を問い詰めると、すぐに白状した。偽の藤木は消費者金融に借金があり、日ごろからユカ子が金を貸し、彼のバイク代や今回の旅費も工面したらしい。

私はもうひとりの妹カナ子にすぐさま電話で報告した。

「ユカ子が連れて来た男、かなりチャラいよ。一緒にいたら身を滅ぼす男だよ。いまのところ顔しかいいところがないよ」

ユカ子は、ほどなくして偽の藤木と別れた。金銭の援助が追いつかなくなったのだ。

「言われてみればそんな好きじゃないかも。これ以上お金出すの辛いかも。服のセンスも好きじゃないかも。そう、あのダサい服に私のお金が遣われてると思ったら許せない」と、洗脳が解けたようにものすごい勢いで貶《けな》し始めた。

それから半年後。あのユカ子が新たな恋人を伴って帰省するという情報を得た。なぜ簡単に男を連れてくるのか理解しかねるが、偽の藤木の件があったので、再び両親から同席を頼まれた。

私が遅れて実家に到着すると、母が私の腕を引っ張り、耳打ちした。

「ちょっと、また藤木直人だよ！」

「この前の人が来たの？」

「違う、違う。第二の藤木直人よ！　あの子、あの顔が好きなんだわ！」

母の目が再び輝いた。面食いの血は妹に受け継がれたのだ。

第二の藤木も確かに顔が整っていた。だが、軽薄な素振りはまるでなく、にこにこしながら父と母の話に相槌を打っていた。気取ったところがまるでない。庶民派の藤木だった。

彼が帰ったあと、みんなで「いい人だったね。前の藤木とは大違いだね。金遣いも荒くないしね。轟音の派手なバイク買わないしね」と絶賛した。

父のグラスにビールを注いでいた腰の低い第二の藤木は私の義弟になった。

傘

夫が傘を失くした。

同僚と飲みに出かけ、居酒屋に置き忘れたのだ。特徴のある傘だから盗まれることはないだろう。そう油断して数時間後に取りに戻ったら、どこにも見当たらなかったという。

深緑色をした厚手の布。頑丈な木製の持ち手。大人ふたりが入っても濡れない大きな傘だった。

私は胸にぽっかり穴が空いたように放心した。あの傘は夫と交際を始めた大学一年のころから彼が愛用していたものだった。二〇年以上も私たちの視界の隅に在り続けた特別な傘だったのだ。

私たちは、たまたま同じアパートの同じ階に入居する学生同士だった。アパートといっても名ばかりで、下宿のような構造である。コイン式シャワーがあるだけで、風呂は無い。家賃の安さと大学に近いことだけが取り柄の物件だった。

共同の玄関には簡素な木製の靴箱が並び、郵便物が無造作に靴の上に投げ込まれる。漫画なんかでは学校一の人気者のロッカーからラブレターが滑り落ちるが、私たちの足元は宅配ピザや消費者金融のチラシでいっぱいだった。

彼の深緑色の傘は、その薄暗い玄関のアルミの傘立ての中で、植物の茎のようにすっと伸びていた。

彼は親から仕送りをもらわず、自分のアルバイト代だけで生活していた。昼と夜は安い学食で食費を抑える。着るものにはおそろしいほどこだわりがない。暑さ寒さを凌《しの》げればよし。汚れるまで毎日同じ服を着る。彼に「着回す」という発想はない。ひたすら「着潰す」のだ。

靴も同じである。スニーカーのゴム底が大きく剝がれ、歩くたびに爪先がアヒルのくちばしみたいにパカパカ動いていた。「こんなにぼろぼろになってもまだ履《は》けるんですね」と皮肉まじりに言ったら、「最近の職人の技術ってすごいよな」と目を輝かせて靴底のありがたみについて熱弁してきた。

貧乏だけど、それを恥じている様子はまったく見られない。別にまわりからどう思われようとかまわない人だった。常に他人の顔色を窺い、びくびくしている私とは別の星の生物のようで、それがとても眩《まぶ》しかった。

彼はアルバイト代から授業料や生活費を捻出するのが精一杯で、自由に使えるお金はほぼなかった。ふたりで出かけるたびに彼のお金がなくなってしまうのではないか、生活が破綻するのでは、と私は不安になった。

食事はもちろん割り勘。私が支払うこともあったが、毎回奢《おご》ると上下関係が生じてしまいそうで気が引けた。できれば対等でいたかった。せめて「ヒモです」と割り切って宣言してくれたなら、こちらも堂々とお金を出せるのだが、彼はそこまで卑屈ではない。

どうにかして会計時の譲り合いを解消できないものか。彼の財布の残金を考えずに出かけられたら、どんなに気持ちが楽だろう。

考えをめぐらせた私は「割り勘なのにどちらも気まずくならず、なおかつ彼がお金を出した気分になるシステム」に行き着いた。それが「共同財布」だ。出かける場所によって「きょうは一五〇〇円徴収します」などと言い、「共同財布」にお互い〝出資〟する。その財布を彼に預ける。ただそれだけなのだが、不思議なことに、割り勘にもかかわらず彼がお金を払っているように見えるのだ。そのうえ会計で変に気を遣い合うこともない。残金はそのまま財布に入れておき、次回に回す。我ながら感嘆した。前金制デート。なかなか合理的である。

家庭教師や飲食店のアルバイトをしてお金に余裕のあった私は、たびたび「寄付」と称して「共同財布」に数千円を足した。彼は「お賽銭《さいせん》」と言って神社に投げ込むように小銭を足す。圧倒的に私の「寄付」のほうが多いけれど、ひとつの財布に入ってしまえば関係ない。ふたりのお金になる。使っているわりにはあまりお金の減らない不思議な財布。これを持っている限り、彼は貧乏ではなかった。

お金のない私たちの向かう先は、だいたい決まっていた。公園だ。ふたりとも鳥や魚が好きなので池があればなお良い。半年ほどで半径五〇キロ圏内の公園を制覇した。

飛来してきたカモやハクチョウに、コンビニで買い込んで来た食パンをやる。少しでももったいぶると、気の荒いハクチョウにコートの裾を引っ張られた。帰りにラーメンを食べ、アパートの近所にある銭湯で身体を温める。

他人から見れば「何が楽しいんだ」と思われるであろう、年寄りのような地味な日常。そんな生活の傍らに深緑色の傘があった。

改めて現在住んでいる部屋の中を見回してみたけれど、二〇年以上使い続けている日用品って案外少ない。引っ越しのたびに物を減らし続けてきたせいか、電化製品や衣類はほぼ入れ替わっている。学生時代から使っているのは、せいぜい本棚と扇風機ぐらいだ。傘がこんなに長持ちするなんて知らなかった。

つましい大学時代を経て、その人と結婚し、転勤も転職もした。私が病気で働けなくなったときも、夫が精神科に通っていたときも、私たちが差していたのは深緑色の傘だった。

愛用していた傘が盗まれたというのに、当の本人は「新しいのを買わなきゃ」と、けろっとした顔で言った。

「二〇年使ってたんだよ？　悲しくないの？」

「なんで？　ただの傘だろ」

予想もしない反応だった。思いの外あの傘に対して愛着がなかったらしい。

「うちの猫が盗まれるのと一緒だよ」

我が家の猫は一五年前、道端で弱っていたところを私が連れ帰ってきた。生後一ヵ月くらいの、ガリガリに痩せた子猫だった。

「俺は犬派だから猫を盗まれたってかまわないよ」

「ひどい」

「それにあの傘、俺のじゃないんだ。道に落ちてたんだ」

「えっ」

「もともと拾いものだから、また次の人が自由に使えばいいよ」

初耳だった。私は何も知らずに二〇年ものあいだ他人の傘を勝手に使い続けていたのだ。「私たちの特別な傘が居酒屋の客に盗まれた」と嘆いている自分もまた盗賊の一味だったのである。

私たちは傘も猫も道で拾った。次はいったい何を拾うのだろう。

夫によると、私はどんどん冷たい人間になっているらしい。

「むかしはおならやゲップをしても笑ってくれたのに、今はとても汚いもののように一瞥《いちべつ》する」と言う。

あなただって変わったでしょう。そう言いかけて、言葉を飲み込んだ。彼は額が広くなり、白髪も生えてきているけれど、風貌以外は何ひとつ変わっていなかった。本当に、驚くほどに。

人の嫌がることを言う。気にしていることを執拗にからかう。口が悪い。愛想が悪い。人や食べ物の好き嫌いが激しい。他人にほとんど関心がない。これらは出会った日から一貫していた。悪くなりようがないのだ。これってすごいことではないか。

先日ようやく新しい傘を買った。

今度はちゃんとお金を出して買った。二〇年先も使えそうな、丈夫で青い傘だ。そのころ私たちはどうなっているのだろう。私はこれ以上「冷たい人間」にならずにいられるだろうか。そんなことを思いながら、みぞれが降りしきる初冬の空を見上げ、青い傘を開いた。

言えない

新居が地獄のようにドブ臭い、夫が精神病で性病、耳鳴りが止まらない、原稿が思うように書けないといった悩みや不安が重なり、ぐっと耐えているうちに奥歯が二本、ぱりんと音を立てて欠けてしまった。

私は昔から歯医者が怖くて仕方ない。大人になればこの恐怖も払拭《ふっしょく》できると思っていたが、四〇を過ぎた現在も診察台に上がると泣きそうになる。

欠けた奥歯を治療するため、麻酔を打つことになった。

「もっと力を抜かないと打てませんよ」

柄本明に似た初老の医師に再三注意され、私は肩の力を抜くよう努力した。力を抜かなきゃ、力を……と自分に言い聞かせている時点で駄目だ。柄本明はこねくり回すようにして歯茎に注射針を刺し込んだ。

「うーん、麻酔が全然効いてない。もう一本いっとくか」

そう言って柄本は二本目を打った。しかし、口元がだらんとなる、あの特有の痺れがやってこなかった。

「怖がって力むとアドレナリンが出て麻酔が効かないことがあるんですよ。あなたこのままじゃ駄目。ちょっと向こうでリラックスしてきて」

いったん待合室に戻され、リラックスを命ぜられた。これでは手のかかる園児と一緒ではないか。リラックスしないと戦時中の兵士のように麻酔なしで治療されるかもしれない。それだけは避けたい。

私はローカル番組の賞金チャレンジクイズに集中し、リラックスを心掛けた。リラックスするぞ、リラックスしなければいけない、リラックスしないと。リラックスがこんなに難しいことだとは知らなかった。

「もうリラックスできましたか？」

「たぶん大丈夫です」

「これが効かなかったら本日はお帰りいただきますよ」

三本目の麻酔が打たれたが、ちっとも効かなかった。リラックスの呪文は逆効果だったようだ。

「こんな怖がりな大人、見たことない」

柄本は呆れ顔で私を家に帰した。風が吹けば桶屋が儲《もう》かるというが、「言いたいことを溜め込むと奥歯が欠けて柄本明にリラックスを強要される」という教訓を得た。

歯医者も苦手だが、カラオケはもっと苦しい。正気では乗り切れない。音痴なのは言うまでもないが、人前で声を出すこと自体恥ずかしい。注目を浴びたくない。人の視線が怖い。

他の人も恥ずかしいのを堪えて歌っているのだと長いあいだ信じていた。みんな頑張っているのだから私も歌わなければ、と思っていた。だが、どうやらそうではないらしい。世の多くの人は好きで歌っているらしいと知り、衝撃を受けた。どうしてマイクを渡されてすぐ歌えてしまうのだろう。来るべき日に備えてカラオケの回避法を検索すると「飲み会の数日前からマスクを着用して出勤する」「一次会で必ず帰る人の隣をキープしてさりげなく消える」といった周到なものから、「カラオケ嫌いを周知させておく」という勧誘の根絶を狙うものまで出てきた。同胞の奮闘ぶりに胸が熱くなった。こういう人たちだけの国で生きていたい。

就職すると自分の意思とはまったく関係なく、カラオケと向き合わなければいけない日もある。

「新しく赴任した先生は毎年ステージで一曲歌う約束になってるんだよ」

教員時代、地域の祭典を仕切るおじさんに言われた。

「私カラオケ駄目なんです。これぱかりは本当に無理です」

普段ろくに主張できない私も「カラオケ」「祭り」「ステージ」の多重衝突事故に青ざめ、必死で抵抗した。

「はいはい、そういう遠慮はいいから。音楽の授業だと思って歌ってよ。とにかく前日までに曲決めといて」

謙遜だと思われたようでまったく聞き入れてもらえなかった。

祭りのステージのことを考えただけで胃がきりきり痛み、少ない口数がさらに減った。あまりにも不安で仕事が手に付かなくなり、共に着任した男性教師に相談すると「じゃあ僕がふたり分ということで一曲歌いますよ」と快く引き受けてくれた。

そうは言ってくれたが、相手は酔っぱらいのおじさんたちである。場の空気によってステージに引きずり出されるのではないか。すっかり疑心暗鬼になっていた私は、カラオケが始まると地域住民の目につかない松の大木の陰に身を潜めた。ここなら誰にも見つからないし、ステージの様子を観察できる。いい大人が何をこそこそ逃げているのだろうと心底情けなくなる。
カラオケタイムが無事に終了するのをひたすら手を合わせて待った。学生時代にバンドを組んでいたというその男性教師は、よくわからない洋楽を熱唱していた。客席の老人たちとの距離がどんどん開いていく。よくわからないけれども、ありがとうございます。このご恩は決して忘れません。松の下で手をすり合わせた。案の定「もうひとりの女の先生は？」と司会の声が響き、私は大木の陰の定位置にスッと戻った。

飲み会も気が抜けない。一次会の終わりが近付くと必死にアンテナを張り、幹事らの「このあとどうする？ カラオケ？」という小声を抜け目なく拾う。次はカラオケとはっきり言ってくれれば「体調があまり良くないのでこの辺で」と眉間に皺を寄せる小芝居をして去るのだが、残念ながら「ぶらっと歩きながら決めよう」というケースが多々ある。

毎回のように二次会を断るのは勇気がいる。私はカラオケだけをピンポイントで回避したいのだ。私の住む地方には飲み会のシメにパフェを食べる「シメパフェ」なる食文化がある。札幌が発祥らしいが、私の暮らす片田舎でも普通に「最後はパフェだよね」と喫茶店で解散することが多い。私はパフェならば同行したい。パフェは私の大好物。愛している。そこはどうしても譲れないのだ。

「パフェなら行きます」

「カラオケなら帰ります」

そのたった一言が言えない。

一か八かで付いて行き、マイクのある小部屋に通されたことは数知れず。手拍手をしながら「一曲も歌っていない自分の存在に誰も気が付きませんように」と祈ることに忙しい。私はここにいないものと思って下さい。機材の一部だと思ってほしい。ひたすら存在を消しつつも、飲み物のオーダーだけは積極的にやる。とにかく何でもするからマイクを向けるな。私にはマイクが銃口に見える。

曲が終わりそうになるとトイレに立つ。気を利かせてマイクを渡してくる親切な人が現れるからだ。危険な時間帯である。とにかく放っておいてほしい。最終的にはアレルギー体質なのに酒を注文し、部屋の隅で丸くなるという原始的な手法に頼ってしまう。

肝心な一言が言えず苦い思いをした経験は、まだある。

学生時代に市場でアルバイトをしていた。同級生に「年末年始だけでいいから」と頼み込まれたのだ。無口な女が、地域で最も活気のある場で働くという罰ゲームのような状況に陥った。

とある鮮魚店の片隅に席をもらい、朝から晩まで魚を発送する伝票をひたすら書いた。「らっしゃい！ 獲れたてだよ！」と威勢の良いおじさんたちの声を聞きながら。

夕方になると「まかない」が出た。

初日、伝票の横にどかっと置かれたウニ丼を見て、私は硬直した。何個というレベルではない。完全に金色の「毛布」だった。

「学生さんはこんな新鮮なウニ食べたことないだろ」

きつめのパーマに鋭い眼光。椎名誠からほのぼの要素を抜いた風貌の店長が私にだけ大盛りにしてくれた。市場の男は、すこぶる気前がいいのだ。

「……はい、ありがとうございます」

「おかわり自由だから、足りなかったら言いなさい」

どっさりと盛られた器を前にして、ウニが苦手だとは言えなかった。海産物の中で唯一食べられないのがウニだった。でも、親切にしてもらっているのだから。店長がじっと見ているのだから。覚悟を決めて勢いよくかき込んだ。味わってはいけない。風味を感知する前に飲み込み、ものの数分でウニを全部葬ることに成功した。

やればできるのだ。すると私の食いっぷりを見た店長さんが、箱に入った高級なウニをどっさりすくい、満面の笑みで私の白飯の上に被せた。

「いいねえ。そんなにウニが好きか。学生さんのリクエストってことで、まかないはしばらくウニにするからな」

さすが市場の男。気前の良さが半端《はんぱ》ではない。

私はウニ好きの卑しい学生として約束の期日まで働いた。


先日ひょんなことからその市場へ行く機会があった。あの店はまだ残っているだろうか。おぼろげな記憶を頼りに探すと、小柄な老人が店番をしていた。

「あのう、私、学生時代にここで働いていた者ですが、店長さんいらっしゃいますか？」

「私ですが」

目の前にいる大人しそうなおじいさんが、あのパンチパーマの屈強な店長だとは、にわかに信じられなかった。重ねた魚箱を悠々と運び、豪快に笑う人だった。二〇年以上経っているのだ。もう七〇を超えているはずだ。

かつて椎名誠だった店長は私のことを憶えていてくれた。普段なら真っ先に忘れられてしまう印象の薄すぎる私だが、山盛りのウニ丼をガツガツ丸飲みする意地汚い女子大生として記憶に残ったのだろう。思わぬウニ効果だった。

私は学生時代からずっと不安だった。大人になったら自分の意見を言えるようになっているのか。私のような内向的な人間でもちゃんと働けるだろうか。

残念ながら、肝心な一言が言えないのは昔と変わらない。だが、最近になって「これはこれでいいじゃん」と肯定することを覚えた。言えないからこそ私は書いているのだ。表に出るのが怖いからパソコンに向かっているのだ。

「私はカラオケとウニが極めて苦手ですので絶対に誘わないで下さい。しかしパフェならばいつでも歓迎であります」

文字ならば言える。堂々と言える。

すべてを知ったあとでも

その年の大晦日《おおみそか》は朝から大雪だった。降り積もった路上の雪が海風に巻き上げられ、昼間とは思えないほど、どこまでも薄灰色の世界が続いていた。

結婚以来、夫婦揃って私の実家で新年を迎えていたけれど、この数年は私ひとりで帰省している。

夫は土日も遅くまで働く多忙な教員生活を一〇年以上続けた結果、体調を崩し、精神科に通うようになった。私も夫も、教職は忙しいのが当たり前だと思っていた。私生活や健康が二の次になっても仕事にのめり込み、はじめに私が、続いて夫が精神を患った。

ふたりとも決して嫌々働いていたわけではない。むしろ生き生きしていた。生徒指導や授業準備に手を掛ければ掛けるほど成果が表れる。だから、その面白みにはまって、手の抜きどころを見失ってしまったのだ。

親戚らが集まる場所では夫の気が休まらないだろうから、私はひとりで帰るようになった。


集落の冬は、ただひたすらに侘しい。春夏秋と意識しないように暮らしていても、冬が来てしまえば「何もない」ということを嫌でも思い知らされる。

居間には先客がいた。近所に住む伯父である。日本酒を飲んで上機嫌になり、いつものようにしつこく私に絡んできた。

「おまえは毎日何をしてるんだ？　病気は治ったのか？　仕事してるのか？　面倒を見てくれてる旦那さんに感謝しろよ。見捨てられないようにしろよ」

まだまだ説教が続きそうな空気を遮《さえぎ》り、苦笑いで静かに席を立った。

こういうとき決まって逃げ込むのは屋根裏部屋だ。天井に伸びる梯子《はしご》を伝ってゆくと、三畳ほどの薄暗いスペースがある。

紐で束ねられた進研ゼミの問題集。卒業式に部活の後輩からもらった寄せ書き。捨てるに捨てられない高校の制服。マラソン大会でもらった銅メダル。私がこの家の子供だった痕跡がここには残っている。

壁には頼りない筆の運びで「誠心誠意」と書いたサイン色紙が飾ってある。中学の卒業時、担任に「将来の自分に向けて一言書きなさい」と言われたのだが、私だけ放課後になっても提出できなかった。

クラスメイトは特に悩むことなく「焼肉」や「布袋寅泰」などと書き殴り、一瞬で完成させた。堂々とした書きっぷりであった。この紙一枚で何かが決まるわけではないのに、私は新雪のような色紙のざらざらとした表面をいつまでも眺めていた。さんざん悩んだ挙句に辿り着いたのが、どこかの社訓のようなありふれた四文字だった。

そんなこともあったなと思い出しながら、中学の卒業文集を手に取った。

そこには地域の野蛮さがうかがえる「なんでもランキング」が載っていた。クラスメイトによる投票である。

「密漁しそうな人」「ヤクザになりそうな人」「駆け落ちしそうな人」「裏と表の差が激しい人」「浮気しそうな人」。この集落に人権という言葉はない。

ひとつ興味深い事実に気が付いた。なんと「密漁しそうな人」男子の部一位と女子の部二位が結婚しているのだ。運命だ。言葉では説明することのできない、惹かれ合う要素があったのかもしれない。ふたりの優秀な「密漁」の遺伝子は受け継がれてゆくのだろう。二〇年前から物語は始まっていたのだ。私たちは予知していたのだ。

いつの間にか伯父の小言を忘れるくらい見入っていた。

密漁男子や駆け落ち女子。ランキングに名を連ねるのはクラスの中で目立っていた生徒ばかりだ。毎日学校に来ているけれど言葉をほとんど発しない私のような者は、ここにも存在しない。

そんな自虐的な思いでパラパラとページをめくっていると、突如、自分の名前が目に飛び込んできた。

「早死にしそうな人」

「秘密の多そうな人」

名前に大きな王冠がついている。どちらも二位を大差で引き離しての優勝だった。

すごいじゃないか。わかっているではないか。

言葉を交わさない同級生にも、私の行く末が鮮明に見えていたのだろうか。

私は二十代のころから原因不明の疾患に罹《かか》り、現在も通院を続けている。おまけに家族にも言えない秘密も抱えてしまっている。間違いなく二冠だった。

文集の最後のページには保護者からのメッセージが並んでいる。

「高校に行っても勉強を頑張ってね」

「野球を一生懸命続けてきてよかったね」

ありきたりな短い言葉の中に、子を思う気持ちが溢れている。

そこに母のメッセージもある。わざわざ確認しなくとも、そらで言うことができる。

「振り返って何もないのは寂しいよ。何かひとつでも夢中になれるものを探してごらん。きっと見つかるさ」

思春期の私は、この言葉がかなり恥ずかしかった。クラスメイトから「キザな詩人」「ポエム母さん」と、からかわれたのだ。

なぜひとりだけ格好をつけてしまったのか。どうして母はいつも目立とうとするのか。照れ臭さと反抗心の入り混じった複雑な思いとともに、大人になってもこの言葉は私の胸に残り続けた。

何かを選択しなければいけないとき、母の声が不意に空から降ってくる。

そんな無難な仕事でいいのか。おまえのやりたいことは本当にこれなのか。失敗するかもしれない。でも、ここで挑戦しなければきっと後悔する。人生の局面で悩んだときは「振り返ったときに何かが残るほう」を無意識のうちに選んできたように思う。

「秘密の多そうな人」は「秘密の多い中年」になった。

子供のころから夢だった教師になるも、学級崩壊に直面して精神を病み、家の中に引きこもるようになった。もう私の人生は終わった。誰とも顔を合わせたくない。そんな暗澹《あんたん》たる思いを紛らわせるためにネット上で日記を公開し始めた。

情けない日常をありのまま綴った。画面に向かって吐き出しているあいだだけは自分の置かれている状況から目をそらすことができた。文字にすると、どこか遠くで起きた出来事のように思えてくる。心も体も浄化されるような気がした。

ただそれだけで事態は何も進展していない。自分の中だけの変化だ。そうわかっていながらも、膿を出す作業に明け暮れるようになった。

声に出して心のうちを明かすことが苦手な私にとって、書くことだけが放出する手段だった。近しい人にその文章を読んでもらおうとは思わなかった。これは汚いものだ。知り合いに見せてはいけない。だから、そっと書いて、顔の見えない相手にだけ読んでもらえたら、それでよかった。

そうして、いつしか書くことが呼吸や排泄と同じくらい欠かせない日常となった。

四〇歳を目前にし、ネットで知り合った仲間三人と同人誌を作り、「文学フリマ」という即売会に参加した。

地方に暮らし、ネット以外で人とほぼ接点のない私にとって、これはとても大きな一歩だった。四〇という得体の知れない壁が「やるなら今だ」と決断させてくれた。何もやらずに年老いてたまるか。何かを残したい。そう強く思ったのだ。

そのとき寄稿した『夫のちんぽが入らない』という自らの夫婦生活を綴ったエッセイがきっかけとなり、活動の場が同人誌から商業誌へと広がった。自分でも何が起きているのか飲み込めないくらい、あっという間の出来事だった。

世の中の事情に疎《うと》い山奥の中年がこんな機会をもらっていいのだろうか。身内に読んでもらいたくないから同人誌を選んだのに、店頭に並んでは意味がないじゃないか。誌面に掲載される喜びと、それを身の回りの人に言えぬもどかしさ。相反するふたつの感情が生まれた。

家族に打ち明けるタイミングを完全に逃がしてしまった。いや、言えない。言いたくない。誰にも言わずに書こうと決めた。

朝、夫を送り出すと、原稿に取り組む生活が始まった。日が暮れるころ、近くのスーパーに食材を買いに出かけ、夫が帰宅するまでに夕食を作る。相変わらず誰かに会ったり、電話したりすることもないまま、原稿を書いて送信する作業だけが加わった。

おまえは毎日何をしているのか。身体の調子が良くなったらまた仕事を探すのか。いつまで働かずにいる気だ。死ぬまでこんな暮らしを続けるつもりか。

そう酔っ払った伯父のように、夫が尋ねてくることはない。これまで一度もなかった。必要以上に踏み入らない彼の性格に救われていた。無関心とも少し違う。二〇年近く共に暮らし、お互いにとって、この距離がちょうどいいことがわかったのだ。けれども、いま私はこの程よい関係にあぐらをかいて、都合よく何もかも「言わない」ようになった。

同人誌即売会や担当編集者との打ち合わせのために上京する機会が増えた。夫には「実家に帰る」と言って家を空けている。それ以上問われることはないし、帰宅しても特に何も訊かれない。そのかわり私も夫が外泊する際は深く追及しない。

そんなの夫婦じゃないと言われたら、返す言葉はない。私たちは普通の夫婦ではないのかもしれない。

普通って何だろう。私はどんどんわからなくなってきている。

身近な人に言わずに書く。そう決意したものの、最寄の空港へ向かう道すがら、毎回心臓が破裂しそうになる。

こんなことをしていいのだろうか。いいわけがない。これ以上、綱渡りの生活を続けてはいけない。自問自答が続く。身から出た錆とはいえ、生きた心地がしない。ところが、どんなに罪の意識に苛《さいな》まれても、機内の席に着くころには、気持ちが次に向かっている。離陸とともに、先ほどまでの迷いや不安が切り離される。「ここからは違う私です」とでもいうように、自然と切り替わってしまうのだ。

東京のイベント会場で仲間と一緒に同人誌を手売りする。回を重ねるごとに顔なじみの読者が増えている。撤収したあと、いつもの品川のデニーズで仲間とささやかなお疲れ会をする。程よい疲れと喜びの入り混じるこの時間が好きだ。

お世話になっているふたつの編集部にも足を運び、担当編集者と連載や書籍の打ち合わせをする。普段は私の希望でメールのやりとりだけにしてもらっているので、アドバイスや今後の展望を直接聞けるこの時間はとても貴重だ。たくさん励ましの言葉をもらう。ひとりで書いているわけじゃないんだ、と当たり前のことに気付いて胸が熱くなる。

自ら望んだことなのに、人里離れた地でひとりパソコンの画面に向かっていると猛烈に孤独を感じることがある。このまま突き進んでいいのかわからなくなる。私は書いていくことへの迷いを断ち切ってもらうために東京へ向かっているのかもしれない。

東京での数日は、あっという間に過ぎ去る。羽田空港に着くと、地元に置いてきたはずの感情を先に手渡される。一気に不安が押し寄せてくる。

なんてことをしてしまったのだろう。無事に地元へ帰れるだろうか。つい数分前の浮かれた自分はどこへ行ったのかと戸惑うほど、気持ちがぐらぐら揺れる。

そこに運航のトラブルが重なると完全に打ちのめされる。

冬のはじめに上京したときのこと。羽田空港で帰りの飛行機を待っていると、ロビーの案内板が不穏に点滅し、地元に帰る便が「天候確認中」と表示された。向こうは吹雪《ふぶ》いているらしい。全身が硬直した。

もし帰れなくなったらどうしよう。夫に何て言えばいいのだろう。いつか罰を受けると覚悟していたけれど、それがいまなのか。想像しただけでお腹が痛くなり、トイレに何度も駆け込んだ。

予定よりも遅れて搭乗が開始するも、「現地に着陸できない場合、当機は羽田に引き返します」と上空で機長のアナウンスが流れた。私は再び激しい腹痛に襲われた。どうか無事に家へ帰らせて下さい。がくがくと震える両足にブランケットを掛け、両手をきつく握った。

機体が二時間遅れで地元に到着したときには、辺りはすっかり闇に包まれていた。ほっとして空を見上げると、目の前を緑色に発光する流れ星が横切った。スローモーションのように、凍てつく平原の彼方にするすると落ちていった。息を吞むほど美しかった。

吉兆だろうか。それとも「墜落」の暗示か。

どうして私は小心者なのに大それたことばかりしてしまうのだろう。

先日とある人に「あなたは大胆なんですか？　それとも慎重なんですか？」と問われた。

答えられなかった。私は物心ついたときから、ずっと自分のことがわからない。人と一緒にいると、その場その場をやりくりするだけで精一杯で、平静を保つ余裕がない。誰かと話していると何でもできるような気分になり、夜ひとりになると「大変なことをしてしまった」と布団を被って悔やむ。一日のあいだで浮いたり沈んだりし、最終的に自責の念に駆られる。

逆に聞きたい。私は一体なんなのでしょうか。不安定な身の上をふざけ半分に話してみたり、綴ったりするのは病気でしょうか。

書いていることを身内に知られたくないのに垂れ流す。決してスリリングな状況を楽しんでいるわけではない。常に背後に不安がくっついている。怖い。書きたい。先が見えない。でも書きたい。どれも本当の気持ちに違いないのに、矛盾が生じる。頭がおかしいのでしょうか。どんどんずるい人間になっているだけでしょうか。

そんな裏と表のような暮らしを繰り返すうちに、左耳がぐわんぐわんと鳴るようになった。キンキンと高音で響く日もあれば、火災報知機のようにジジジジと激しく鳴り続ける日もある。「ストップ」のボタンが見つからない。同時にめまいも起こすようになった。

言えないことが膨らんで、心がぱんぱんになっているのかもしれない。昔から少しの不安や緊張でお腹を下したり、頭の中が真っ白になって身動きが取れなくなることが多かった。

さすがに心配になって近所の心療内科を検索した。四軒の病院が見つかった。その中の一番大きな病院に電話を入れると、「現在予約が立て込んでおり、新規の患者を診ることができない」と断られた。愕然とした。慌てて他の病院にも問い合わせるも、どこも「予約がいっぱい」と言われる。

こんな田舎にも、同じように、いやもっともっと深刻に、苦しんでいる人たちがたくさんいるのだ。何でもないような顔をしてすれ違う人も、ひとりではどうにもできない闇を抱えているのかもしれない。


二〇一七年一月『夫のちんぽが入らない』という私小説を出版した。

同人誌のエッセイを大幅に加筆修正したものだ。

夫と知り合ってからの二〇年に及ぶ実体験にもとづいた物語である。書籍になることを家族に言えなかった。知ったら失神してしまうだろう。いや、それでは済まないかもしれない。

この本を出したことで私の人生が大きく変わってしまうのかもしれないし、いままで通りひっそりと続くのかもしれない。

「振り返って何もないのは寂しいよ。何かひとつでも夢中になれるものを探してごらん」

母が言っていたのは、こんな決着の付け方ではないかもしれない。

けれど、お母さん、私はだいぶ前から書くことに夢中になってしまっている。ただの捌け口で、自分の慰みでしかなかった場所が、いまは私を支えるものになっている。

いつか家族に打ち明けられるだろうか。口も心も閉ざしていた日々のこと、同人誌、夫婦の性、私小説。これまでに放った自分の言葉が一気に跳ね返ってくるに違いない。

すべてを知ったあとでも私と家族のままでいてくれるだろうか。

いちご味の遺品

また祖母の夢を見た。長年私たち家族と同居していた父方の祖母だ。

夢の中の祖母はデイサービスの送迎バスを待っていた。まだ約束の一時間前なのに、入浴の道具や着替えを詰めたリュックサックを背負い、家の前に立っている。普段からそうだった。律儀さを通り越し、どこか狂気を感じる。

「おばあちゃん、冷えるから中に入って」

窓を開けて呼び掛けるも、耳が遠いので届かない。

灰色の空から雪が舞っていた。バスを待ち続ける祖母の肩に、膨らんだリュックに、しんしんと雪が積もってゆく。

まるでお地蔵様のようだった。祖母の全身が雪に覆われても、私は助けようとしなかった。放っておいたら罪に問われるのだろうか。そんなことを考えているうちに地面の白さと同化し、ついに「祖母の形」を見失った。

目が覚めても心が波立っていた。祖母の出てくる夢は重苦しさがつきまとう。意思疎通の難しくなった彼女を遠巻きにして見ていた後ろめたさがまだ残っているのかもしれない。

祖母がこの世を去って七年経つ。晩年は認知症を患った。

あまりにも控えめなので、近所の人から「遠慮の鬼」と呼ばれていた。列に並べば知らない人に順番を譲り、くじに当選しても権利をあっさりと渡す。「オレなんかが持っていたってしょうがねえ」と手に持っているすべてを潔くあげてしまう人だった。

そう、一人称は「オレ」。生まれ故郷の寒村では男女問わず「オレ」と言うらしい。ぶっきらぼうな訛《なま》りだから、怒っているように聞こえるのが損だった。

病気になる前は、早朝から日が沈むまで畑に出ていた。にんじん、だいこん、かぼちゃ、じゃがいも、キャベツ、ほうれん草、なす、ブロッコリー、とうもろこし。食卓に上がる野菜のほとんどが自家製だった。

褐色の肌、小さくて、がりがりに痩せていて、おまけにパンチパーマ。勤勉なのか不良なのかわからない容姿だ。集落に一軒しかない美容院でパーマを頼むとそうなるらしい。狭い地域にパンチパーマのおばあさんが何人もいたので、地元を出るまでそれが年寄りのスタンダードだと思い込んでいた。ちりちりのパンチパーマで、自分のことを「オレ」と言う「遠慮の鬼」。それが私の祖母だった。

齢八〇を過ぎたころ、物静かなパンチパーマに突如ハチャメチャ期が訪れた。病気によるものだと頭ではわかっていても「控え目なおばあちゃんにこんな一面が眠っていたのか」と、その変貌ぶりに私たち家族は動揺した。

祖母は長い棒を構えるようになった。ソファーに腰掛け、ぼんやりテレビに目をやりながらも、手はしっかりと棒を握っていた。それは筒状にした新聞紙だったり、ガムテープで何本も繋いだラップの芯だったりした。一体誰と戦っていたのか。病に侵された自分自身だろうか。棒を握っているときは「おばあちゃん」と呼びかけても目の焦点が合わなかった。

一歩引いて観察すると、槍を持つ部族の首長に見える。独特のパーマもそれっぽい。家を守っているようで、どこか誇らしげだ。

「棒持ってるときのおばあちゃん、ちょっとかっこいいよなあ」

母にそう言うと「あんたは他人事だと思って」と睨まれた。デイサービスの仕度を拒んで棒を振り回す日もあったらしい。たまにしか帰らない私は、母に祖母の介護を任せっきりにしていた。

ぼんやりする時間が増えた祖母だったけれど、それでも実家に親族が集まる日は嬉しそうだった。

年の瀬にオードブルの並んだテーブルを囲んだときのこと。妹の小さな子供たちが戦隊ヒーローごっこをして走り回る中、祖母は取り分けられた寿司に手を付けず、にぎやかな居間を見回して笑みを浮かべていた。

「おばあちゃんて私たちの名前ちゃんと言えるのかな」

小声で妹と話した。

「お姉ちゃん聞いてみてよ」

「やだよ、気まずくなるよ」

祖母はにこにこ笑いながら曾孫たちを抱き寄せ、しきりに頭を撫でていた。それが誰の子なのかは、わかっていないようだ。そんなことは関係ないのかもしれない。どこの誰だろうと、いいじゃないか。目の前の小さな子を可愛がろうとする気持ちは本物なのだから。祖母がこの場を楽しんでいるのだから。

脱走もしたし、脱糞もした。元気なころの祖母の口癖は「人さまの迷惑になるくらいなら死にたい」だった。現状を冷静に振り返ることができたら、とても正気ではいられないだろう。いまの祖母には忘れてしまえることがせめてもの救いだ。

小学生のころは、おばあちゃん子だった。母に怒鳴られるたび、祖母の部屋に逃げ込んでいた。すると祖母は小さなガスコンロで湯を沸かし、橙《だいだい》色の袋に入ったマルちゃんのみそ味ラーメンを作ってくれた。祖母の作るラーメンはいつも麺が伸びていて、スープは薄くてぬるい。

「おばあちゃんはお店のラーメン食べたことある？」

「ないよ」

「マルちゃんのラーメンだけ？」

「マルちゃんのラーメンも食べたことないよ」

私と妹に食べさせるために買い溜めていたようだ。不思議なことに、どう見ても失敗作でしかない祖母の伸びきったラーメンが恋しくなる日がある。ラーメンを食べたことのない人が作るあの絶妙なまずさ。私には思い出の味なのだ。

初夏の早朝、祖母は布団の中で冷たくなっていた。「よく眠っているようだった、なんて言うけど、あれ本当ね」と発見した母は言った。

葬儀のあと、遺品を整理していたら、透明な衣装ケースの中から見覚えのあるブラウスやセーターが何枚も出てきた。私と妹が誕生日やクリスマスにプレゼントしたものだった。もう何年も経つのに、贈った日のままタグが付いていた。袖を通されることのなかった服たちは、きっちり折り畳まれていた。

「おばあちゃんは何でも大事にしすぎて台無しにしちゃう人だから」

「おばあちゃんらしいね」

そう母に相槌を打ってから、気が付いた。自分の持ち物を何でも人に譲ってしまうあの祖母が、孫からの贈り物だけはちゃんと手元に残していたのだと。

同じ衣装ケースの中に、祖母のお気に入りのカーディガンが入っていた。庭先に群生するスミレと同じ淡い紫色だ。

懐かしくなって思わず広げてみると、カサコソと奇妙な音がした。左右のポケットに何か入っている。そっと指を入れて探ると、飴《あめ》の包み紙が出てきた。祖母の好きだった「いちごみるく」のものが三枚、しわを伸ばした状態で半分に折り畳まれていた。

そういえば、おばあちゃんは飴の包みを大事に取っておく癖があったな。おまんじゅうの箱に入れて集めていたな。幼いころの記憶が次々とよみがえってきた。

私も小学生のころ、祖母の真似をして収集していたのだ。飴を舐めたいのではなく、そのぺらぺらした可愛らしい包み紙が目当てだった。蟻《あり》が箱に群がっているのを目撃してから、私の熱は冷めてしまったけれど、祖母はずっと集めていたのかもしれない。

「お母さん、飴の紙が入った箱、どこかになかった？」

「ああ、捨てちゃったよ」

なんてことを。袖を通されなかった服よりも価値があるのに。

私は難を逃がれた三枚の「いちごみるく」を大事に持ち帰った。

春の便り、その後

子供のころから、要求するより我慢を選んだ。

母が野良犬以上に凶暴だったこともあるけれど、決められた中で黙々と研鑽《けんさん》を積む美しさだってあると信じていた。そう思おうとしていた。

はじめは無理やり自分の感情を抑えていたが、次第に我慢が板に付いていった。そして、いつしか忍耐や抑圧なんかではなく、自然な振る舞いとなり、「従順」が私の特徴となった。脳が「いつものようにすべし」と信号を送ってくるのだ。

自分の意見を貫く人はわがままでも何でもない。現状を変えるために、自分自身のために闘っているのだ。それに気付いたのは恥ずかしながら、ここ数年である。

黙って耐えることに何の意味があるのか。考えることや行動することを放棄しているだけではないか。相手に委《ゆだ》ね、何もしていないのと同じじゃないか。私は混乱した。

だが、風向きが変わるまでじっと耐えるのだってひとつの方法ではないか。この期に及んで正当化しようとする自分もまたいる。これまでの人生が無意味なものになってしまいそうで恐ろしいのだ。

我慢の先には「もう我慢しなくてもいい」という、ささやかな幸せの境地がある。そう考えると希望が持てる。そんなふうに幸せのハードルをうんと下げて、長いあいだ自分で自分を洗脳していたのかもしれない。

一年間、我慢に我慢を重ねた「くせえ家」を脱出できることになった。晴れて引っ越しが決まったのだ。

難易度が低そうに見えるかもしれないが、なかなかの地獄だった。

山奥の一軒家。住める家がここしかなかった。かっこよく言えば古民家、見たままを言うなら家賃を払うのが悔しくてならない物置同然の廃屋だった。

下水道が完備されていないのでトイレは汲み取り式。家の中はカビと埃と下水と糞尿の臭いがごちゃまぜ。引っ越し業者でさえも袖口で鼻を押さえる最強の家。特殊な眼鏡を掛けたら、黄色い臭いの粒が大量に浮いているはずだ。

引っ越した夜、夫に「この家で作った飯を食べたくない、絶対に作らないで」と懇願された。その日は「何を馬鹿なことを」と冷笑したが、結果的に一年間守り通すこととなった。

「この台所で料理したら何もかも下水の味になる」

夫は人一倍こだわりが強い。こうと決めたら意見を曲げない。

「野菜サラダならいい？ レタスは手でちぎるだけだよ」

「駄目だ。それこそ駄目。レタスをちぎった瞬間その切れ目に排水口の臭いが染みるだろ。危険だ」

よくわからない理論だ。

「じゃあ唐揚げは？ 高温で揚げたら臭いも消えると思うよ」

「……駄目だ。肉汁でヘドロを連想してしまい純粋に楽しめない」

好物の唐揚げに一瞬迷いを見せたものの許可が下りず、全面的に料理禁止。作るなら私ひとりで食べるよう言われる。

「沸騰させたら毒が抜けるから」とお茶やカップラーメンは認められたが、ゆで野菜やゆで卵は駄目だという。基準がわからない。

いっとき「水に良い言葉を掛けると美しい結晶ができる」なんて説が出回ったが、

我が家の台所ではその逆の現象が起こっているのかもしれない。切った瞬間に臭くなるキャベツ、揚げても臭い鶏肉、ゆでたら腐る卵。どれも夫が大げさに言っているだけに過ぎない。しかし、臭いに覆われた家に住むうちに、それらの言葉が妙に説得力を持ち始めた。何を食べても「臭み」しか感じないのだ。

そうして、我が家から「料理」という概念が完全に消えた。この一年間、一度も料理をしなかった。大学進学を機に実家を出て二十数年。こんな経験は始めてである。一日じゅう家の中にいる。子供もいない。趣味もない。身体を動かせないほど病弱とはいえない。料理が大嫌いなわけでもない。なのに料理という家事をとつぜん免除されてしまった。

それにかわって、毎日の夕飯を買いに行くという仕事が与えられた。同じ食べ物が続かないよう、スーパーA、コンビニA、弁当屋、スーパーB、コンビニB、弁当屋というサイクルで購入した。田舎なので弁当屋が一軒しかない。簡単に書いたけれど、いずれの店も我が家から二〇キロ以上離れている。

夕日に煌々《こうこう》と照らされながら、街まで車を走らせる。こんな暮らしを続けていていいのだろうか。夫に美味しい飯のひとつも食べさせてやらず、何のために家にいるのか。私はこのまま惣菜を買いながら臭い家で年を重ねていくのか。

街に着くころには人生を憂いていた。いつも答えは出ないが、いまのままでは駄目ということだけはわかっていた。

昨年、料理コラムニストの女性と対談する機会に恵まれた。出すレシピ本がどれも人気という、すごいお方である。「普段どんな料理を作っているのか」という話題になり、もじもじしながら「実は何も作ってないんです。毎日お惣菜を買っています」と告白した。こんな人間、つまみ出されてもおかしくない。本職の方を前にして恥ずかしい限りである。「惣菜生活」を送る者に料理を語る資格はない。

料理をしていないことは母に言えずにいる。嘆く顔が目に見えている。もちろん義母にも申し訳なくて言えない。遠く離れた地に住む義母は「朝ご飯のお供に食べてね。骨粗しょう症になりやすい歳だからカルシウムたくさん取らなきゃ駄目よ」とお手製の小魚の佃煮や鮭の切り身を真空パックに詰めて送ってくれる。毎日欠かさず食べられるよう、年に四回届く。食べ切れない母の愛が冷凍庫でカチンコチンになっている。

「くせえ家」で、ひとつだけいいことがあった。

入院中に三食きっちり食べる生活が続いて最大五十六キロあった体重が、転居してから四十八キロまで落ちたのだ。特に何をしたわけでもない。ただ「くせえ家」で生活するだけで、みるみる痩せていった。臭すぎると食欲が失せる。これはちょっとした発見だった。気付いたときには八キロの減量に成功していたのだ。

この家をダイエット合宿所として活用したらどうだろう。体重は減り、集落の人口は増える。臭いことに耐えれば、みんなが幸せになれる。これは本気の提案だ。

まだまだ続くと思われていたこの生活も呆気なく終了を迎えた。

異動の多い私たちは引っ越すたびに暮らしをリセットすることができる。新しい街の、新しい住処で何もなかったように一からやり直すことができる。

次の家では必ず料理をする。「するぞ」ではなく「したくてたまらない」。長いあいだ胸の奥に引っ込んでいた料理欲が最前列に並んでいる。もう濃い味付けのおかずはたくさんだ。唐揚げには生姜をたっぷり入れたい。料理コラムニストの方からいただいた本を真似ておしゃれなご飯を作ってみたい。

この気持ちは、ひとり暮らしを始めた大学一年の春に似ている。料理も、そして夫との暮らしもやり直したい。丁寧に生きていきたい。
抑圧されたことで、欲望がはっきりと姿を現した。いま我慢の先に希望が見えた。

首に宿る命

首の術後の経過を診てもらいに行ったら、衝撃的な事実を知らされた。

「移植した骨が消えちゃってます」

担当医は私のレントゲン写真を指差して言った。

私は一年前、おかしな角度にズレた頸椎を三本のネジで支え、その補強のために骨盤の一部を削って移植する手術を受けた。

ズレの原因は免疫の持病によるものだった。爆音に合わせて頭を激しく振る趣味もないし、タックルしてくる仲間もいない。猫を撫でているだけの静かな人間なのに、いきなり首をやられるなんてわけがわからなかった。

退院までに二ヵ月以上を要し、晴れて日常の暮らしに戻った矢先の「消えちゃってます」宣言。また厄介なことが起きた。どうして私の身体に次々と災いが降りかかるのだろう。

いくら奇病を引き寄せがちな私でも「骨の消滅」は初めてだ。骨壺泥棒に遭遇した気分である。すみやかに骨を返してほしい。私はまだかろうじて生きているのだから。

混乱したまま、先生の説明を受けた。

「これが手術直後の画像。で、こっちがさっき撮影したやつ。骨盤から移植した骨が、まるっとないでしょ？」

「途切れちゃってますね」

バナナみたいな弓形の骨があり、その一部が子猿に齧《かじ》られたように欠けていた。

「骨が行方不明なんです。どこかに吸収されてしまったのかもしれない」

骨が行方不明。吸収。初めて耳にする言葉だ。

ふたりして黙って画像を見つめた。宇宙空間のような藍色をした組織のどこかに、骨のカケラが落ちているのだろうか。それとも、もうブラックホールに吸い込まれてしまったのか。

骨は南北に伸びる二つの島のようにも見えた。上にあるのが菱形の小島、下には細長く伸びた島。北海道と本州をつなぐ青函トンネルが消滅したような状態だ。画面には暗い津軽海峡が映し出されていた。

私の中の欠けたバナナ、海峡、骨壺泥棒。わからないことだらけだ。

リハビリに励んだ結果が「骨の消滅」では、先生もさぞ落胆しているだろう。なんだか申し訳なく思い、表情を覗き見ると、どうやら私の思い過ごしだった。

「こういう症例は見たことがない。今度、勉強会で発表させてもらうよ。ほかの先生にも聞いてみよう。これは調べ甲斐があるな」

目がきらきら輝いている。掘り出し物を見つけ、わくわくを隠しきれない顔だ。患者を前にして、うっかり笑みがこぼれてしまっている。

私はこの不謹慎で貪欲な人が好きだな、と思った。この人となら骨探しを頑張っていけそうだ。

「移植した骨は消えているが、ネジは固定されているので無事だろう」と言われ、定期的に経過を観察することになった。

「骨が生えてくる可能性を信じましょう」

実に不思議な励ましである。願望であり、ファンタジー。つられて私の心も軽くなった。骨は消えたけれど、ここには光がある。

以後、検査のたびに骨の先生から幻想的なたとえが飛び出した。

「骨のカケラが散らばっているはずだから、いつか合体するといいなあと僕は思っているんです」

「ここから骨の芽が出てくるといいなあ。そうなると思うんだけどなあ」

はじめは先生の戯《ざ》れ言《ごと》だと思い、笑って聞いていたのだが、半年ほど経つと本当に変化が現れた。

「ほらここ。うっすらと骨から芽が出ているように見えません？　膨らんでいますよね。これ絶対に生えようとしていますよ。動きがあると思います」

生えようとしている。

骨に意思が宿ってきた。うっとりするような言い回しだ。

だが、これも先生の単なる冗談ではないことが判明した。

数ヵ月後の検査日に、また動きがあったのだ。

「骨からツノのような芽が出てきてますよね。骨の赤ちゃんみたい。かわいいなあ」

画像の中に、豆の発芽の第一段階があった。ちょろっとツノが出ている。

「時間は掛かるかもしれないけど、少しずつゆっくり育てていきましょうね。大丈夫です。無事です。見守っていきましょう」

ここは産婦人科だろうか。

それとも十勝平野のあずき畑か。

生涯聞く機会はないと思っていた「母子ともに健康です」をこんな形でいただけるとは思わなかった。

私の首に宿る、骨の赤ちゃん。

なんて素敵な響きだろう。人間の子は授からなかったが、私には骨の子がいる。真の「ほねっこ」だ。

首に埋め込まれた三本のネジが鳥居のように組まれ、新たな命が育《はぐく》まれている。そのことが骨の赤ちゃんをますます神々しいものにしていた。

どうか、もう誰にも連れ去られませんように。祈りながら、どこか温かい気持ちになっていた。これが母性というものなのか。

退院後も院内のリハビリ施設に通っている。

ここにもまた、ひとつの世界がある。

パジャマ姿の入院患者、普段着の通院患者、身体に障害を抱える子供、それを壁際で心配そうに見守る付き添いのお母さん。患者同士で言葉を交わすことはあまりないけれど、病や怪我や障害のある人たちが同じ空間で黙々とトレーニングに励む。いまよりも良い状態へ向かおうとしている。自分もそのひとりであるという連帯感が好きだった。


患者一人ひとりにリハビリの担当者が付く。

私は入院中から森さんという三十代男性にお世話になっている。

彼は同じ病室のばあさんたちから、すこぶる評判が悪かった。「ぼうっとするな」「ズルをするな」「いま回数をごまかしただろう」「死にたいのか」と鬼教官の如く目を光らせ、彼女らを監視するらしい。

「私たちは森さんが担当じゃなくてよかったよ。本当に最悪なんだよ」

老人たちの密告を耳にし、震え上がりながらリハビリルームに通い始めたが、彼は噂と全然違い、とても熱心な人だった。

驚いたのは同室のばあさんたちが「もう嫌だよ」「やりたくない」と不良のように座り込み、トレーニングをサボっていたことだ。回数もごまかしていた。部活の顧問に反抗する女子のようで、そのわがままもどこか可愛らしく見えた。

私は首の上下運動に始まり、手のひらをグーとパーにしたり、肘に重《おも》りを巻いて棒を振ったりと、やたら地味で奴隷感のある訓練ばかり。唯一楽しみにしていたのが自転車を漕ぐマシンだった。窓辺に四台並んでおり、サドルに座ると、その四階の窓から街を見下ろすことができた。

入院中、そこから眺める夕日が好きだった。向かいの薬局に入って行く老人、タクシーを待つ親子、サイレンを鳴らしてまっすぐ向かってくる救急車。それらを飛び越え、宙を漕いで、遠くに広がる海に突き進んでいるような錯覚に陥る。

隣でペダルを漕ぐ患者と一緒になって息を切らす。格子柄の病衣をまとい、首と腰にコルセットを巻き、私たちは並んで夕暮れの街に繰り出している。同じ景色を見て、同じ方向をめざす者だけに通じる、ささやかな繋がりを感じた。

長い入院生活で一度だけ、高校の同級生と遭遇した。地元の人たちとは年賀状のやりとりしかしておらず、会って話をするような親しい関係の人はいない。だから、病院の売店で名前を呼ばれ、心底驚いた。

彼女の小学生の娘が肺炎で同じ病院に入院しているという。「大変だね」と言うと、「あんたのほうがずっと大変じゃん。そんなアメフト選手みたいな防具を着けて」と笑われた。それもそうだ。

「はい、お見舞い」と彼女がコーヒーを買ってくれた。ロビーの長椅子に腰かけながら、私は彼女と過去に少しだけ妙な関わりがあったことを思い出した。

彼女はバンドを組んでいた。社会人の恋人がいて、校門の前に停めた車に乗り込む姿をよく目撃した。私とは全然違う華やかな世界に生きている人なのだと思った。同じクラスだったけれど、ほとんど話をしないまま卒業した。

しかし、私が社会人になった春、とつぜん彼女から電話が掛かってきた。実家に問い合わせて連絡先を聞いたのだという。親しくないのに、わざわざ電話をしてくるなんて同窓会の幹事でも引き受けたのだろうか。

浮き立ちながら近況を手短に伝え合うと、彼女はすぐ本題に入った。

「ところで生命保険って加入してる?」

なぜ気が付かなかったのだろう。

私に連絡してくる同級生なんてセールスや宗教の勧誘に違いないのに。ぱんぱんに膨らんだ風船が音を立てて萎んでいくような、わかりやすい落胆があった。

「保険もう入ってるんだ。ごめんね」

それは嘘だったが、不毛な会話を一刻も早く終わらせたくてそう言った。彼女もそれ以上訊いてこなかった。

そのかわり、不思議なことを言った。

「じゃあさ、胸を大きくする薬、買わない？」

そんな方向転換があるだろうか。

言葉を失っている私に構わず、彼女は続けた。

「タイの薬なんだよね。私そういうのもやってんだ」

「保険の仕事なの？」

「違うよ。これは私が売りたいから売ってる」

なんて奔放な言い方をするのだろう。私は彼女の言い切る強さに痺れてしまった。

私はこんなふうに恥ずかしげもなく断言できるものがあるだろうか。たとえそれが何の保証もない異国の豊胸薬であったとしても。

「だいたい二ヵ月くらいでおっぱいが大きくなるよ」

「そうなんだ」

できるだけ関心がないように振る舞った。

「保険が駄目ならこっちだけでもどうかな。私も飲んでるよ。一瓶一万円だよ」

興味がある。生命保険なんかより俄然興味がある。

高校時代から豊満だった彼女が言うと、とてつもなく説得力があった。

「じゃあ、そっちだけお願いしようかな」

あくまでも仕方ない口調を貫いた。保険を断った後ろめたさもある。買わないと電話を切るタイミングがないし。私は自分にたくさん言い訳をして購入した。


入金後、それは一週間ほどで届いた。

英語のラベルが巻かれた瓶に白い錠剤が詰まっていた。

あの日、電話を切ったあとで、はたと気付いたのだが、彼女は豊胸薬を飲んで胸が膨らんだわけではない。高校時代の豊満さは、なるようになった結果だ。そういう素質だったのだ。

しかし、私は豊乳というものになってみたかったので律儀に錠剤を飲み続けた。半月ほど経ったころだと思う。テレビから流れるニュースが断片的に耳に入ってきた。

「日本では認められていない……違法な薬物……販売……豊胸薬として……」

胸騒ぎがして画面を見ると、彼女の商品に限りなく近い瓶が映し出されていた。

慌てて彼女に電話を掛けてみたけれど、この番号は使われていないというアナウンスが虚しく流れるだけだった。私は彼女に変なものを飲まされたのだろうか。それとも安全なものだったのか。なぜ私に売ったのか。私なら買ってしまうだろうと予想していたのか。

いまならわだかまりなく訊けるはずだ。もうむかしの話なのだから。私はコーヒーを飲む彼女を横目でそっと観察しながら、言おうか言うまいか迷い続けた。

すると彼女が先に口を開いた。

「私もうすぐ離婚するんだ。浮気した旦那から慰謝料を根こそぎ取ってやろうと思ってんだ。まともな生活できないように奪い取ってやる。で、これからは娘と楽しく暮らすんだ」

「売りたくて売ってる」と豊胸薬を勧めてきたときの、どこか自信に満ちた声が重なった。

「かっこいいなあ」

思わず漏れ出てしまった。

「そんなことないよ」

彼女は照れ笑いをした。

タイの豊胸薬なんて、そんなむかしの話は一瞬でどうでもよくなった。私はいまも無事に生きている。それでいいじゃないか。

彼女と子供が不自由なく暮らせますように。慰謝料ぶん取れますように。そう祈りながら、ロビーで別れた。

私の行方不明になった首の骨はまだ復活していない。ツノのような芽が出たあの日、先生と私は舞い上がったけれど、そこから成長がぴたりと止まっている。

首の先生は最近こんなことを言い出した。

「最悪、骨がくっつかなくてもいいんだよ。ネジが緩んでなければ大丈夫なんだから」

まるで人生のようだ。

不自由なく生きていられたらそれがいちばんいいけれど、余程ひどいことがない限り大丈夫。多少間違えても大丈夫。ネジが狂ってしまわないように、ちゃんと見ていれば大丈夫。

私が入院や通院で得たのは「どのようにも生きられる」という強いメッセージだった。予想外の出来事に遭遇しても、その状況ごと面白がりながら生きていけたら無敵に違いない。

「骨の赤ちゃん」の成長を見守るために、私は今月も診察に向かう。

父のシャンプーをぶっかけて走る

太陽が強く照り付ける午後、マイナンバーカードの手続きのため役所を訪れると、どこからともなく「リーン……リリーン……」と涼しげな音色が響いた。

窓辺に風鈴でも吊るしているのだろうか。日当たりは悪いが趣のある職場じゃないか。辺りをぐるっと見回してみたが、どの窓も閉まっている。何もない。おかしいな。去年から耳鳴りに悩まされていたが、もしかしてこれは末期症状だろうか。「リーン……リリーン……」音が近付いてくる。どこ？　私だけ？　幻聴？　さすがに怖くなって身構えていたら、目の前を通り過ぎた老人のリュックサックに鉄製の風鈴がぶら下がっていた。ひらひら揺れる短冊が付いている。どう見ても夏の風物詩、風鈴である。

風鈴じいさんは窓口で「息子を戸籍から抜きたいのだが」とまったく風流ではない相談を始めた。彼が書類に手を伸ばしてリーン、朱肉を探してリーン。ひと動きするたび、役所の辛気臭い通路に一抹の涼を運んだ。

熊避けの鈴として使っているのかもしれない。すると、山の帰りに籍を抜きに来たのか。随分アグレッシブだ。世の中にはいろいろな人がいる。諸事情を抱えるおじいさんから盛夏の訪れを感じ取りつつ、耳の奥の余韻に浸った。


他人から見れば奇妙に映る身なりや行動も、本人には意味のあることだったりする。その人の中では、ちゃんと筋が通っているのだ。

私は高校時代、父のトニックシャンプーで頭を洗っていた。メントール配合のスースーする男性用のシャンプーだ。短髪でも脂性でもない。応援団員だったわけでもない。肩に掛かるセミロングの、きわめて無口で地味な女子高生だった。

私の髪はひどい癖毛で、油断するとすぐに渦を巻く。ちゃんと整えて家を出ても、学校に着くころには寝起きのようにこんもりと膨れ上がり、派手に絡まり合った。

暴発していたけれど、髪を結ぶのは抵抗があった。耳の後ろにある、うさぎの糞四つ分くらいの大きなほくろが露《あらわ》になってしまうからだ。人に見せたくない。なんで私にはこんな汚いものが付いているんだろうと悩み、髪の毛で覆い隠していた。

あるとき自分用のシャンプーを切らし、仕方なく父のトニックシャンプーを使ったところ、信じられないくらい髪がパサパサになった。

こんなの使うんじゃなかった。そう後悔したのも束の間、なんといつものしつこい渦巻が発生しなかったのだ。ゴワゴワでパサパサだが、憧れの直毛を手にした。偶然の産物とはこのことだ。

その日を境に私は、おむすびのような不思議な髪型になった。岸田劉生《りゅうせい》の『野童女』そのものだった。検索してほしい。そこには不敵な笑みを浮かべた当時の私がいる。

悩みの種である癖毛から解放された私は、トニックシャンプーを使い続けた。もちろんトリートメントなどしない。潔くシャンプーのみだ。

頭皮から男のツンとした匂いを漂わせ、いつもの「野童女」で登校すると、同じクラスの女子に声を掛けられた。ほとんど話したことのない、お金持ちの家のひとり娘だった。

「ねえ、シャンプー何使ってんの？」

そう言って私の髪に触れた。

「お、お父さんの、シャンプー」

「ちょっと聞いてー！　お父さんのだって！」

教室にいた女子が私を取り囲んだ。

「なんていうかさ、もっと身だしなみ気にしたほうがいいよ。髪パサパサじゃん。ペンキのハケじゃないんだから」

身だしなみを気にした結果、ここに辿り着いたとは言い出しにくかった。いろいろ試し、自分にとって最適と判断したのが父のシャンプーなのだ。理解できないだろう。でも、それでいい。

私は忠告を無視してトニックシャンプーのまま高校を卒業した。

誰しも譲れないこだわりを持っている。そのこだわりの理由は本人にしかわからないこともある。

それを痛感したのは福祉施設で働いていたときだ。

とあるダウン症の女の子は、どこへ行くにも花柄の風呂敷に包んだ荷物を持ち歩いていた。その中身は「お気に入り」と呼ばれ、プリキュアやカエルの人形、お父さんとお母さんの似顔絵、川原で拾った石、アイスの当たり棒、チョコボールの銀のエンゼル、プルタブ、百円玉、外れた宝くじ券などが入っていた。

就寝前、彼女はそれらを自分のベッドの脇にひとつひとつ確認するように並べていき、最後に風呂敷をふわっと掛ける。「掛布団」なのだろう。アイスの当たり棒や外れくじも、プリキュアと等しく丁重に扱われ、「寝かせて」もらっていた。一日を終える彼女なりの儀式だった。そうして安心して部屋の明かりを消して眠りにつく。

ある朝、彼女を起こしに行くと、枕元の「お気に入り」たちが全部ひっくり返っていた。プリキュアとカエルはうつ伏せ。両親の似顔絵や銀のエンゼル、当たり棒、外れ券、これらは裏返しになっていた。もしやと思いプルタブを注意深く手に取るとやはり裏だ。百円玉は「１００」のほうを向いている。これもコインの裏側だと知った。残るは川原で拾ったという何の変哲もない平べったい石だ。これにもルールがあるのか。顔を近付けてよく見ると、石のすみっこにペンで小さく×印が付いていた。その裏側には○が描かれている。ほう、石にも裏と表を作ったのか。私は彼女のささやかな法則を発見し、心が弾んだ。

目をこする彼女に尋ねた。

「夜は裏返しにするんだね」

「そうだよ、だって自分で目を閉じることができないからね。夜は目を閉じさせてあげてるんだよ」

驚いた。「裏返し」は眠りの世界へのいざないだったのだ。なんて粋で斬新な発想だろう。人形だけならまだしもプルタブまで。プルタブはどんな夢をみるのだろう。アルミニウムだったころのどろどろした思い出か。それとも車椅子と交換される未来だろうか。

彼女の指は「お気に入り」をひとつずつひっくり返している。カエルが、百円玉が、プルタブが「表」になっていく。これが「起床」の儀式なのだ。

彼女の「お気に入り」は日によってころころ変わった。あんなに大事に寝かせていたプリキュアも翌日にはおもちゃ箱の中に逆さまに押し込まれる。そして、ひとつ空いた「お気に入り」のポジションに白いふさふさの付いた耳かき棒が何食わぬ顔で入っていたりする。耳かきにもやはり表と裏があった。

きっと今夜も彼女にしかわからない入れ替え戦がひっそりと行われているはずだ。

大学四年のとき、福祉施設の実習先で目の覚めるような出会いがあった。

実習仲間として紹介された女の子は、真っ赤なジャケットにミニスカート、同じく真紅の口紅、オレンジ色の髪、そして厚底サンダルだった。

職員たちが物珍しそうに彼女を目で追っていた。

「やベー実習生がいるぞ」

「あんな厚底で障害児の面倒をみる気かよ」

「単位を取るために嫌々来てるんだろ」

「どうせ続かないよ」

丸聞こえだった。彼女と一緒にしないでほしい。私はちゃんと頑張りますから。ちゃんと紺色のスーツ着てますから。不本意だった。

ところが、実習が始まってみると大方の予想を覆し、彼女は真っ赤なスーツを子供たちの汗とよだれまみれにしながら奮闘していた。隣の教室からやけに大きな声が聞こえ、覗いてみると、彼女がオペラのようにアンパンマンのマーチを歌い、そのまわりを子供たちが喜んで飛び跳ねていた。

遅くまで残り、一心に作業していたこともある。

「何作ってるんですか？」

「指に障害のある子がハサミを使いづらそうにしてたから、柄を調節してあげようと思ったんだ」

柄の部分にぐるぐると布を巻き、指を固定できるよう幅を狭めていた。

障害や病気に関する本をたくさん読んでいることもわかった。「一緒にしないでくれ」と願った私など足元にも及ばないほど勉強家だった。

「すごいね。何でも知ってるし、何でもやろうとする」

「あたしは見た目の印象や偏見と常に戦ってるんで」

毅然とした一言だった。言い慣れていた。それだけ誤解されてきたのだろう。恥ずかしながら、私も決め付けていたひとりだ。

実習を終えるころには年配の教師から「姐さん」と呼ばれ、すっかり頼りにされていた。「きょうのスカートいつもより短くないか」と、からかう声に蔑みの色は感じられない。和気あいあいと最終日を迎えていた。

彼女は子供を三人育てながら教職を続けていると聞いた。「どうせ続かないよ」なんて言葉を片っ端から撥ねのけて、自分の信じた道を進んでいる。髪は黒に戻し、ミニスカートもやめたそうだが、それは人に言われたからではなく「もう似合わなくなったから」という理由らしい。卒業したのだ。そんなところも彼女らしい。

いまの私に「ええい、うるせえ」と撥ね飛ばせるほどのこだわりがあるだろうか。人と顔を合わせると、どうしても流されてしまう。決意は砕け、自分がどこかへ消えてしまう。トニックシャンプーをぶっかけ、パサパサの髪を振り乱していた十代の尖りに立ち返りたい。

単行本あとがき

生まれ育った集落のことを長いあいだ人に話せなかった。

店もない、文化や娯楽もない。ひたすら続く田畑に草原、倒木だらけの森、暗い海。閉鎖的な「おしまいの地」に生まれたことも、人の目を気にして縮こまりながら育った自分自身も恥じていた。

そんな故郷への思いが変化したのはインターネット上で文章を書くようになってからだ。「何もない」ということをさらけ出していけばいいじゃないか。恥ずかしい思いこそ書いていくべきではないか。洗練された街、文化的な家庭、健康的な心身、コミュニケーション能力、運。そのどれもがない。「欠けている」ことが私の装備だと気が付いた。自分の見てきた景色や屈折した感情をありのまま書けばいいのだ。

「おしまいの地」は「おもしろの地」。

そう考えると閉ざされた集落や家族にも愛着が湧いてきた。

最近、そんな「おしまいの地」で余生を送ることも考え始めている。祖父母の代からの家や畑やお墓。それらを受け継いで暮らすのもいいんじゃないかと思えてきた。書いたものを読んで下さる方がいるのなら、おしゃれな生活も近所の友達もいらない。私にはインターネットがあれば十分だ。

病気で仕事が長続きしないことにも劣等感を抱いていた。半年から数年で療養と転職を繰り返すことになったけれど、そのおかげでさまざまな業種を渡り歩くことができた。身を置かなければわからない苦労や喜び、そこで知り合った人々の生の声を聞くことができた。「何ひとつ満足にできない」と、くすぶっていた当時の自分に教えてやりたい。すべてがいまの私に繋がっているのだと。

成功したら、それはそれで幸せ。

転落しても、その体験を書けばいい。

そう思えるようになってから、ずいぶん生きやすくなった。

この本は二〇一五年六月から二〇一七年八月まで『Quick Japan』に掲載された作品を加筆修正したものである。連載タイトル『Orphans』はｃｅｒｏの作品名からお借りしている。こんな厚かましい行為を許して下さった髙城晶平さん、本当にありがとうございます。

これまで三人の担当編集さんにお世話になっている。初代担当の小田部仁さん（元同編集部）から「エッセイを書いてみませんか」と連絡いただいたときの驚きと湧き上がるような喜びを今でも忘れられない。それがすべての始まりだった。二代目担当の藤井直樹さん（元同編集長）はエッセイコーナーの読み切りだったものを同誌のリニューアル時に連載へと押し上げて下さった。そして、現担当の続木順平編集長はエッセイの題材や締切に苦しむ私をいつも励まし、ご自身の挙式の準備で忙しい日も、一緒に本のことを考えて下さった。ほぼ素人の中年に毎回好きなテーマで書かせるなんてギャンブル以外の何ものでもない。自由に泳がせ、のびのび育てて下さった三人の担当編集さんに心から感謝している。

儚さの中に強さを感じさせる美しい装丁は、鈴木成一さん及び岩田和美さんが手掛けて下さった。地に杭を打ち、振り返ったときに連なる道しるべ。そんな風に土地に文字を打ち付けながら、辺涯で生きていきたい。

最後に、掲載されるたびに読んで下さった方、感想を寄せて下さった方、そして、この本を手に取って下さったみなさま、どうもありがとうございました。

二〇一八年一月　　　　こだま

文庫あとがき――私が「かわいそう」な訳ない

「Quick Japan」に短いエッセイが初掲載された二〇一五年、私は「もうこの世に思い残すことはない」と思った。当時住んでいた田舎町の書店に入荷した二冊を買い占め、「私の書いた文章が載っているんです」と叫び出しそうな衝動をこらえて帰宅した。

たった一ページ。でもその一ページで私の人生が確実に動いた。

大きな反響があったというわけではなく、私の中の変化だ。

もし次も声を掛けてもらえるのなら今回よりもっと面白いものを書きたい。だけど、どこの誰だかわからない無名の人間の私生活を読んでもらえるのだろうか。掲載してもらえたとして、私はこの先どうなりたいのだろう。こんな辺鄙《へんぴ》な地に住んでいるというのに。

体調を崩して離職したばかりの身に、突如訪れた転機。憧れと恐れの入り混じった複雑な心境になった。そして、私にはその何もかもが眩《まぶ》しく、新しく映る「東京」という場所が距離的にも心理的にもあまりにも遠いのだった。

対極にある「おしまいの地」で私は何を書けるんだろう。私にとって田舎に生まれ育ったことは恥ずかしく、隠しておきたいことばかりだった。遅れているのは目に見えるものだけでなく、その人の思考にも表れていた。いや、すべての罪を「田舎」に押し付けている時点で私は終わっているのか。

都市と辺境の地の文化の差、深い溝。私はそのことに長いあいだ囚《とら》われ続け、どんな文章を書いても、所詮「小さな世界から出たことのない作者」でしかない絶望があった。ほかの世界を知らないんじゃ説得力に欠ける。

だけど、そんな私にも数少ない長所がある。「私は何も知らない」という事実を自覚していることだ。高校で選択した倫理の授業でソクラテスの「無知の知」という概念に出合い「これ丸っきり私が思ってたことじゃん」と親しみを持った。偉大なソクラテスに後押しされる形で、恥ずかしさを抱えたまま生きていくことにした。

私は「おしまいの地」で生まれ育ち、「何も知らない」ことを知っている。

これは揺るがない。揺るぎようがない。この先もずっと。

ほかに書き手のいない未開の地で起こる顛末《てんまつ》を、冷静な視点で書こう。

自分の立ち位置と進む方向が明らかになると、憑《つ》き物が落ちたように楽になれた。経験したこと、いま目の前にあるもの、すべてが題材になる。不自由さも不恰好さも、そのまま書けばいい。自分にとって当たり前のように映る光景や習慣が、誰かにとって新しい。

「人と違う」ということが、ずっと恥ずかしくて仕方なかった。私の「違い」は誇らしいことではなく、みすぼらしさが付きまとった。ださかった。隠しておきたかった。

でも「こういう話も書いちゃえばいいのか」と気付いたら、劣等感を抱き続けてきたエピソードが、かけがえのない思い出に変わった。

書籍化後の取材で「この本をどういう人たちに届けたいですか」「誰に伝えようと思って書いたのですか」と何度か質問された。困惑した。訊《き》かれるまで、そういった対象を思い浮かべることがなかった。結果的に、おのおの好きなように感じ取ったり、感じ取らなかったりするのが作品だと思っている。

書きたかったから書いた。書いているあいだ、わくわくした。思うように書けない日は不安で眠れなかった。ただそれだけだった。ずっと自分ひとり。他者は入ってこない。存在するとしたら、原稿を受け取ってくれる担当編集者だ。

この本が誰かの支えになれば。そう考えて「ほんとうの話」が書けるのだろうか。少なくとも私には無理だ。「誰か」を考えたとき邪念が生じ、「ほんとう」から逸《そ》れてしまう。そんな器用な真似はできない。

ふと考える。何のために書いているんだろう。

エッセイを書くのが好きだけど、そのわりには悩んで進まない時間が増えた。文庫化にあたり、改めて読み返してみると、必死に原稿に向き合っていた当時には意識していなかったことも見えてくる。

私は、これらのエッセイを小中学生の自分に、教職やライター業に躓《つまず》きながらも働く自分に、病気と闘っている自分に、それぞれ向けて書いているのだ、と。うっかり掘り返してしまわぬよう、鍵を掛けていた幼馴染みの「川本くん」との十数年にわたる話もそのひとつだ。

どの時代の自分も冴《さ》えない。人の顔色を窺《うかが》い、何も話せない。

文章にするという作業は、過去の自分を撫《な》でてやる行為かもしれない。親にも級友にも打ち明けられなかったから、数十年後の私が書いてやる。

あなたは気が弱くて、人の意見に流されやすくて内向的だけど、悩みながらもちゃんと生きていた。馬鹿みたいに真面目だったし、「いつか覚えてろよ」と挽回する日を夢見ていた。

その日々を誰よりも知っているのは現在の私である。

自分の意思とは裏腹に、子供の頃から制御不能なものがある。腹の痛みだ。

小学校高学年の時から登校前になると必ずお腹を下した。高校は約一時間ほどのバス通学になり、毎日が腹痛との闘いだった。一日二本しかない山道の路線。いったんバスを降りると、次の便は午後。そのプレッシャーもあり、「登校」という行為がいっそう苦しいものになった。

学校を休むという選択肢はなかった。考えたこともなかった。腹が痛くても当然バスに乗る。市販の薬を飲んでも一向に効かない。精神的な症状なのだ。親に言ったら即座に「情けない」の一言で片付けられるのはわかっていた。私には「我慢」しかなかった。

大人になっても出勤前になると腹痛に襲われた。外に一歩踏み出した瞬間、便意をもよおし、急いでトイレに戻る。それが毎日。私はずっと変わらず弱いままなんだ、と便座の上で身体を丸めた。

下腹部に両手を重ねて温める。おさまれ、おさまれ。大丈夫、大丈夫。子供の頃から続けている朝のおまじない。手のぬくもりが一点に集まるとき、過去のさまざまな自分の姿が交錯する。

それは作家活動を始めてからも変わらない。インタビュー、対談、イベント、編集者との打ち合わせ、すべてが怖い。宿泊先や最寄り駅のトイレに長時間、籠《こ》もってしまう。講談社エッセイ賞の授賞式が始まる直前も、やはり同じだった。

私はこのサイクルから一生逃れられないのだろうか。

だけど、最近になって少しだけ違う見方をするようになった。

こうやってくよくよ悩んで、不安で、毎回立ち止まってしまうのが私なのだ。そうトイレの中で第三者目線で考えることが増えた。

この性質や症状をエッセイに書いたことも大きかった。読者から「私も同じ悩みを抱えています」「お腹を下す話はあまり人に言えないですよね」と反響があった。イベントで「私も子供の頃からずっと苦しかった」と声を掛けてくださる人もいた。

みんなそれぞれ孤独に闘ってきたんだなあと思うと、目の前の人が急に自分の一部のように見えてくる。弱さを正直に書いてきてよかったのだ。

苦手なことがたくさんある。人と話すこと、人前に出ること、意見を言うこと、歌うこと。私はそれをまわりの人と同じようにこなそうとしてきた。苦手だと悟《さと》られたくなくて、家で何度も練習し、本番に臨んだ。平気な振りをすることもあった。その結果、可もなく不可もなく終わった。どっと疲れ、ますます人と接することが嫌になるのだった。

しかし、最近これまた気付いてしまった。

大いに失敗して笑われるのも意外と気持ちがいい、ということに。

苦手なことは苦手なままでいい。会話が続かないときは思いっきりあたふたして、スッと沈黙してしまえばいい。作り笑いをして、変に取り繕おうとするから気疲れするのだ。私の駄目っぷりは本を読んだ誰もがわかっている。こんな恵まれた状況はそうそうない。だから、うまくやろうなんて考えちゃいけない。

四十年以上かけて自分の手でぐるぐると身体に巻き付けてきた紐《ひも》をほどき始めた。

デビュー作『夫のちんぽが入らない』を書いていたときは、そうやって紐で巻かれているのが自分だと思っていた。『ここは、おしまいの地』を二年かけて書きながら、この紐をほどいてしまえばいいのだと気付いた。そしてデビューから三年を経た現在、もみくしゃになりながら自分を縛ってきた紐と格闘している。ほどいていたつもりなのに絡まっていた、なんてこともある。完全に心身が放たれたとき、私は何を書いているのだろう。我が事なのに予想がつかない。

書くことは自分と向き合うこと。私にとって、それはブログでも同人誌でもよかった。でも、本になって見ず知らずの人の手に渡り、より多くの方から感想をいただいたことも、紐をほどくきっかけになった。

作家活動をしていることは相変わらず家族に話していない。

帰省すると、母は私に「かわいそう」と言う。昔からの夢だった教師を辞めたこと、病気になったこと、子供をひとりも授からなかったこと、毎日家に籠もっていること。そのすべてが「かわいそう」の一言に集約されている。

大人になってもなお人の言葉を真に受けていた私は、長いあいだ自分を何もできない「かわいそう」な人間だと思っていた。親の目からも、世間一般から見ても哀れなのだと。

その考えを変えてくれたのもまた、外に向けて「書く」行為だった。ひとつひとつ吐き出し、身体の隅々にまで染み込んだ呪詛《じゆそ》を洗い流していく。堆積していた思い込みを掬《すく》い出す。過去を書くことによって洗浄されていく。泥も垢《あか》も流れた。視界も開けた。

いつか「かわいそう」という一言を堂々と否定したい。私はこんなに自由に生きられるようになった。

自由に動けるようになった私が「かわいそう」な訳ない。

見渡す限り荒れ地。冷たい風が吹いている。きょうも「おしまいの地」は変わらず「おしまい」感を見せつけてくる。

東京での仕事を終えて、この地に帰ってくると、華やかな出来事がすべて私の妄想だったのではないかと不安になる。

この作品が講談社エッセイ賞に選ばれ、授賞式に招かれたあとは特に混乱した。東京のきれいなホテルでお祝いの言葉を掛けてくださった審査員の作家の方々。笑顔で迎えてくださった出版社のみなさん。そして、いつもそばで励ましてくれた各社担当編集者、デザイナーさん、同人誌仲間。

そんな文章を通してかかわってきた方々からの祝福の余韻を、荒野の風は無情にかき消す。私は狐の宴に呼ばれ、この枯れ草の上で一晩じゅう踊っていたのではないか。ひとり取り残されたような気持ちになった。ここと向こうの世界は本当につながっているのだろうか。

地方紙の片隅に私の本と名前が小さく掲載されていた。その部分を切り抜いて、クッキーの入っていた四角い缶の箱にしまった。その中には腹痛をこらえながら答えたインタビューや対談記事の切り抜きも入っている。

自分の居場所がわからなくなると、そのクッキー缶を開ける。大丈夫、夢じゃなかった。確認しないと「おしまいの地」に呑《の》み込まれてしまう。この土地には圧倒的な力がある。

この本を出せたこと、読者の方々から多くの感想をいただいたこと、そして名誉な賞を授かったこと。私は勝手に「このまま迷わず書いていきなさい」と、たくさんの人から背中を押してもらえたような気持ちになった。

また、文庫化にあたり講談社の水口来波さんが声を掛けてくださった。美しい装丁は江森丈晃さん。初霜が降りた「おしまいの地」に咲く花のよう。凍《い》て付く地で、強《したた》かに生きる一輪の花。寂しさではなく、ほのかな希望。このカバー写真から、そのようなメッセージを受け取った。

おふたりには前作の文庫化の際にもお世話になっている。二冊目も一緒に作っていただき、ありがとうございます。

温度差の激しいふたつの地を行き来しながら、これからも書いていく。

こんな私が「かわいそう」な訳ないでしょう。

二〇二〇年六月

こだま

本書は、二〇一八年一月、太田出版から発売された単行本に加筆したものです。

|著者| こだま　主婦。2017年、実話をもとにした私小説『夫のちんぽが入らない』でデビュー。たちまちベストセラーとなり、「Yahoo! 検索大賞2017」（小説部門）受賞。漫画化、連続ドラマ化もされる。二作目の本作で第34回講談社エッセイ賞受賞。

ここは、おしまいの地《ち》

こだま

講談社文庫

定価はカバーに
表示してあります

2020年6月11日第1刷発行

発行者――渡瀬昌彦
発行所――株式会社　講談社
東京都文京区音羽2-12-21　〒112-8001
電話　出版（03）5395-3510
　　　販売（03）5395-5817
　　　業務（03）5395-3615

Printed in Japan

デザイン―菊地信義
本文データ制作―講談社デジタル製作
印刷―――中央精版印刷株式会社
製本―――中央精版印刷株式会社

ISBN978-4-06-520207-4

講談社文庫刊行の辞

二十一世紀の到来を目睫に望みながら、われわれはいま、人類史上かつて例を見ない巨大な転換期をむかえようとしている。

世界も、日本も、激動の予兆に対する期待とおののきを内に蔵して、未知の時代に歩み入ろうとしている。このときにあたり、創業の人野間清治の「ナショナル・エデュケイター」への志を現代に甦らせようと意図して、われわれはここに古今の文芸作品はいうまでもなく、ひろく人文・社会・自然の諸科学から東西の名著を網羅する、新しい綜合文庫の発刊を決意した。

激動の転換期はまた断絶の時代である。われわれは戦後二十五年間の出版文化のありかたへの深い反省をこめて、この断絶の時代にあえて人間的な持続を求めようとする。いたずらに浮薄な商業主義のあだ花を追い求めることなく、長期にわたって良書に生命をあたえようとつとめるところにしか、今後の出版文化の真の繁栄はあり得ないと信じるからである。

同時にわれわれはこの綜合文庫の刊行を通じて、人文・社会・自然の諸科学が、結局人間の学にほかならないことを立証しようと願っている。かつて知識とは、「汝自身を知る」ことにつきていた。現代社会の瑣末な情報の氾濫のなかから、力強い知識の源泉を掘り起し、技術文明のただなかに、生きた人間の姿を復活させること。それこそわれわれの切なる希求である。

われわれは権威に盲従せず、俗流に媚びることなく、渾然一体となって日本の「草の根」をかたちづくる若く新しい世代の人々に、心をこめてこの新しい綜合文庫をおくり届けたい。それは知識の泉であるとともに感受性のふるさとであり、もっとも有機的に組織され、社会に開かれた万人のための大学をめざしている。大方の支援と協力を衷心より切望してやまない。

一九七一年七月

野間省一

講談社文庫 最新刊

上田秀人
布石
〈百万石の留守居役(十五)〉
宿老・本多政長不在の加賀藩では、嫡男《ちゃくなん》・主《との》殿《も》の周囲が騒がしくなる。〈文庫書下ろし〉

佐々木裕一
若君の覚悟
〈公家武者 信平《のぶひら》(八)〉
信平のもとに舞い込んだ木乃伊《みいら》の秘薬騒動。若き藩主を襲う京の魑魅《すだま》の巨大な陰謀とは!?

こだま
ここは、おしまいの地
田舎で「当たり前」すら知らずに育った著者の失敗続きの半生。講談社エッセイ賞受賞作。

西尾維新
掟上今日子の退職願
「最速の探偵」が、個性豊かな4人の女性警部と4つの事件に挑む! 大人気シリーズ第5巻。

神楽坂 淳
うちの旦那が甘ちゃんで 8
沙耶が芸者の付き人「箱屋」になって潜入捜査。他方、月也は陰間茶屋ですごいことに!

西村京太郎
札幌駅殺人事件
社内不倫カップルが新生活を始めた札幌で二件の殺人事件が発生。その背景に潜む罠とは。

椹野道流
南柯《なんか》の夢 鬼籍通覧
少女は浴室で手首を切り、死亡。発見時、傍らには親友である美少女が寄り添っていた。

講談社文庫 最新刊

伊兼源太郎　**地検のS**

湊川《みなとがわ》地検の事件の裏には必ず「奴」がいる——。元記者による、新しい検察ミステリー！

中村ふみ　**月の都　海の果て**

東の越《えつ》国後継争いに巻き込まれた元王様。軟禁中に大発生した暗魅《ばけもの》に立ち向かう羽目に!?

吉川永青　**老　侍**

群雄割拠の戦国時代、老いてなお最期まで「侍」だった武将六人の生き様を描く作品集。

日野　草　**ウェディング・マン**

妻は殺し屋——？　尾行した夫が見た、驚愕の妻の姿。欺きの連続、最後に笑うのは誰？

中島京子　ほか　**黒い結婚　白い結婚**

結婚。それは人生の墓場か楽園か。7人のストーリーテラーが、結婚の黒白両面を描く。

デボラ・クロンビー
西田佳子　訳　**警視の謀略**

ロンドンの主要駅で爆破テロが発生。キンケイド警視は記録上〝存在しない〟男を追う！

さいとう・たかを
戸川猪佐武　原作　歴史劇画　**大宰相**
〈第八巻　大平正芳の決断〉

解散・総選挙という賭けに敗れた大平に、辞任圧力を強める反主流派。四十日抗争勃発！

講談社文芸文庫

古井由吉
野川
解説＝佐伯一麦　年譜＝著者、編集部
東京大空襲から戦後の涯へ、時空を貫く一本の道。老年の身の内で響きあう、生涯の記憶と死者たちの声。現代の生の実相を重層的な文体で描く、古井文学の真髄。
ふA12
978-4-06-520209-8

古井由吉
詩への小路　ドゥイノの悲歌
解説＝平出 隆　年譜＝著者
リルケ「ドゥイノの悲歌」全訳をはじめドイツ、フランスの詩人からギリシャ悲劇まで、詩をめぐる自在な随想と翻訳。徹底した思索とエッセイズムが結晶した名篇。
ふA11
978-4-06-518501-8

講談社文庫　目録

佐藤あつ子　昭《あき》　田中角栄と生きた女
西條奈加　世直し小町りんりん
西條奈加　まるまるの毬《いが》
佐伯チズ　〈123の肌悩みにズバリ回答!〉　脚完全版 佐伯チズ式「完全美肌バイブル」
斉藤　洋　ルドルフとイッパイアッテナ
斉藤　洋　ルドルフともだちひとりだち
佐々木裕一　若返り同心 如月源十郎　〈不思議な飴玉〉
佐々木裕一　若返り同心 如月源十郎　〈闇の顔〉
佐々木裕一　公家武者 信平《のぶひら》　〈消えた狐丸〉
佐々木裕一　逃げた名馬　〈公家武者 信平㈡〉
佐々木裕一　比叡山の鬼　〈公家武者 信平㈢〉
佐々木裕一　公卿《くぎょう》の罠《わな》　〈公家武者 信平㈣〉
佐々木裕一　狙われた旗本　〈公家武者 信平㈤〉
佐々木裕一　赤い刀身　〈公家武者 信平㈥〉
佐々木裕一　帝《みかど》の刀匠《とうしょう》　〈公家武者 信平㈦〉
佐藤　究《きわむ》　QJKJQ
佐藤　究　Ank : 〈a mirroring ape〉
佐野　晶　三田紀房・原作　小説アルキメデスの大戦

澤村伊智　恐怖小説キリカ
さいとう・たかを　戸川猪佐武　原作　歴史劇画 大宰相　〈第一巻　吉田茂の闘争〉
さいとう・たかを　戸川猪佐武　原作　歴史劇画 大宰相　〈第二巻　鳩山一郎の悲運〉
さいとう・たかを　戸川猪佐武　原作　歴史劇画 大宰相　〈第三巻　岸信介の強腕〉
さいとう・たかを　戸川猪佐武　原作　歴史劇画 大宰相　〈第四巻　池田勇人と佐藤栄作の激突〉
さいとう・たかを　戸川猪佐武　原作　歴史劇画 大宰相　〈第五巻　田中角栄の革命〉
佐藤　優　人生の役に立つ聖書の名言
司馬遼太郎　新装版 播磨灘物語 全四冊
司馬遼太郎　新装版 箱根の坂 (上)(中)(下)
司馬遼太郎　新装版 アームストロング砲
司馬遼太郎　新装版 歳　月 (上)(下)
司馬遼太郎　新装版 おれは権現
司馬遼太郎　新装版 大　坂　侍
司馬遼太郎　新装版 北斗の人 (上)(下)
司馬遼太郎　新装版 軍師二人
司馬遼太郎　新装版 真説宮本武蔵
司馬遼太郎　新装版 最後の伊賀者
司馬遼太郎　新装版 俄 (上)(下)
司馬遼太郎　新装版 尻啖え孫市 (上)(下)

司馬遼太郎　新装版 王城の護衛者
司馬遼太郎　新装版 妖　怪 (上)(下)
司馬遼太郎　新装版 風の武士 (上)(下)
司馬遼太郎　戦雲の夢　〈レジェンド歴史時代小説〉
司馬遼太郎　海音寺潮五郎　新装版 日本歴史を点検する
司馬遼太郎　井上ひさし　新装版 国家・宗教・日本人
司馬遼太郎　陳舜臣　金達寿　新装版 歴史の交差路にて　〈日本・中国・朝鮮〉
柴田錬三郎　お江戸日本橋 (上)(下)
柴田錬三郎　貧乏同心御用帳
柴田錬三郎　新装版 岡っ引どぶ　〈柴錬捕物帖〉
柴田錬三郎　新装版 顔十郎罷り通る (上)(下)
白石一郎　庖丁ざむらい　〈レジェンド歴史時代小説〉〈十時半睡事件帖〉
島田荘司　御手洗潔の挨拶
島田荘司　御手洗潔のダンス
島田荘司　暗闇坂の人喰いの木
島田荘司　水晶のピラミッド
島田荘司　眩（めまい）暈
島田荘司　アトポス
島田荘司　異邦の騎士　〈改訂完全版〉

講談社文庫　目録

島田荘司　御手洗潔のメロディ
島田荘司　Ｐの密室
島田荘司　ネジ式ザゼツキー
島田荘司　都市のトパーズ2007
島田荘司　21世紀本格宣言
島田荘司　帝都衛星軌道
島田荘司　ＵＦＯ大通り
島田荘司　リベルタスの寓話
島田荘司　透明人間の納屋
島田荘司　占星術殺人事件〈改訂完全版〉
島田荘司　斜め屋敷の犯罪〈改訂完全版〉
島田荘司　星《せい》籠《ろ》の海(上)(下)
島田荘司　屋上
島田荘司　名探偵傑作短篇集 御手洗潔篇
島田荘司　火刑都市〈改訂完全版〉
清水義範　蕎《そ》麦《ば》ときしめん
清水義範　国語入試問題必勝法
椎名誠　にっぽん・海風魚旅〈怪し火さすらい編〉
椎名誠　大漁旗ぶるぶる乱風編〈にっぽん・海風魚旅4〉
椎名誠　南シナ海ドラゴン編〈にっぽん・海風魚旅5〉
椎名誠　風のまつり
椎名誠　ナマコ
椎名誠　埠頭三角暗闇市場
島田雅彦　悪貨
島田雅彦　虚人の星
真保裕一　連鎖
真保裕一　取引
真保裕一　震源
真保裕一　盗聴
真保裕一　朽ちた樹々の枝の下で
真保裕一　奪取(上)(下)
真保裕一　防壁
真保裕一　密告
真保裕一　黄金の島(上)(下)
真保裕一　発火点
真保裕一　夢の工房
真保裕一　灰色の北壁
真保裕一　覇王の番人(上)(下)
真保裕一　デパートへ行こう！
真保裕一　アマルフィ〈外交官シリーズ〉
真保裕一　ダイスをころがせ！(上)(下)
真保裕一　天魔ゆく空(上)(下)
真保裕一　ローカル線で行こう！
真保裕一　遊園地に行こう！
篠田節子　弥勒
篠田節子　転生
重松清　定年ゴジラ
重松清　半パン・デイズ
重松清　流星ワゴン
重松清　ニッポンの単身赴任
重松清　愛妻日記
重松清　青春夜明け前
重松清　カシオペアの丘で(上)(下)
重松清　永《と》遠《わ》を旅する者〈ロストオデッセイ 千年の夢〉
重松清　かあちゃん
重松清　十字架
重松清　峠うどん物語(上)(下)

仙川　環　偽装診療〈医者探偵・宇賀神晃〉
瀬木比呂志　黒い巨塔〈最高裁判所〉
瀬那和章　今日も君は、約束の旅に出る
曽野綾子　新装版 無名碑(上)(下)
三浦朱門 曽野綾子　夫婦のルール
蘇部健一　六枚のとんかつ
蘇部健一　六とん2
蘇部健一　届かぬ想い
曽根圭介　沈底魚
曽根圭介　藁《わら》にもすがる獣たち
曽根圭介　TATSUMAKI〈特命捜査対策室7係〉
田辺聖子　川柳でんでん太鼓
田辺聖子　ひねくれ一茶
田辺聖子　愛の幻滅(上)(下)
田辺聖子　うたかた
田辺聖子　春情蛸の足
田辺聖子　蝶花嬉遊図
田辺聖子　言い寄る
田辺聖子　私的生活

田辺聖子　苺をつぶしながら
田辺聖子　不機嫌な恋人
田辺聖子　女の日時計
谷川俊太郎訳 和田誠絵　マザー・グース 全四冊
立花　隆　中核VS革マル(上)(下)
立花　隆　日本共産党の研究 全三冊
立花　隆　青春漂流
滝口康彦　粟田口の狂女〈レジェンド歴史時代小説〉
高杉　良　労働貴族
高杉　良　広報室沈黙す(上)(下)
高杉　良　炎の経営者(上)(下)
高杉　良　小説日本興業銀行 全五冊
高杉　良　社長の器
高杉　良　その人事に異議あり〈女性広報主任のジレンマ〉
高杉　良　人事権！
高杉　良　小説 消費者金融〈クレジット社会の罠〉
高杉　良　小説 新巨大証券(上)(下)
高杉　良　局長罷免 小説通産省
高杉　良　首魁《しゅかい》の宴《うたげ》〈政官財腐敗の構図〉

高杉　良　指名解雇
高杉　良　燃ゆるとき
高杉　良　挑戦つきることなし〈小説ヤマト運輸〉
高杉　良　銀行大合併〈短編小説全集(上)〉
高杉　良　エリートの反乱〈短編小説全集(中)〉
高杉　良　金融腐蝕列島(上)(下)
高杉　良　銀行大統合〈小説みずほFG〉
高杉　良　勇気凜々
高杉　良　混沌《こんとん》 新・金融腐蝕列島(上)(下)
高杉　良　乱気流(上)(下)
高杉　良　小説 会社再建
高杉　良　小説 ザ・ゼネコン
高杉　良　新装版 懲戒解雇
高杉　良　新装版 大逆転！〈小説 三菱・第一銀行合併事件〉
高杉　良　新装版 バンダルの塔
高杉　良　新・燃ゆるとき
高杉　良　管理職の本分
高杉　良　破戒者たち〈小説・新銀行崩壊〉
高杉　良　第四権力〈巨大メディアの罪〉

講談社文庫　目録

2020年3月15日現在